巡礼之年

从巴黎出发

傅小敏 著

上海交通大学出版社
SHANGHAI JIAO TONG UNIVERSITY PRESS

内容提要

本书是一部随笔集，收录了作者在巴黎留学期间的日记和在法国及其他国家旅行时的游记。全书分为两个部分："巴黎游荡者"和"雾海上的旅人"。上半部分集中于作者对日常生活的观察记录和哲理性思考，下半部分则是以作者在巴黎所受到的艺术教育为眼，旁观其他国家或地区的美术、音乐、建筑等文化现象，并对其进行深入分析。本书最大的亮点是作者在留学生活和旅行过程中对现代艺术、古典音乐、哲学思想的各种探讨，叙事与思辨穿插结合，内容丰富有趣，语言清新凝练，既能引发读者的阅读兴趣，也能引领读者进行深邃思考。

图书在版编目（CIP）数据

巡礼之年：从巴黎出发 / 傅小敏著. —上海：上海交通大学出版社，2024.4（2025.4重印）.

ISBN 978-7-313-30423-0

Ⅰ.①巡… Ⅱ.①傅… Ⅲ.①随笔－作品集－中国－当代 Ⅳ.①I267.1

中国国家版本馆CIP数据核字（2024）第055740号

巡礼之年：从巴黎出发
XUNLI ZHINIAN: CONG BALI CHUFA

著　　者：傅小敏				
出版发行：上海交通大学出版社		地　　址：上海市番禺路951号		
邮政编码：200030		电　　话：021-64071208		
印　　制：上海景条印刷有限公司		经　　销：全国新华书店		
开　　本：880mm×1230mm　1/32		印　　张：8.75		
字　　数：179千字				
版　　次：2024年4月第1版		印　　次：2025年4月第2次印刷		
书　　号：ISBN 978-7-313-30423-0				
定　　价：68.00元				

前　言

　　旅居异国的第二年，某天我发觉自己的中文写作能力大幅减退，我忽然感到惊慌不已。由于必须在全法语的环境中生活和学习，再加上之前几年专注于准备法语考试和留学申请，我已经长久没有用中文组织过通顺的句段，没有阅读或书写过汉语的文章。就在我连做梦和思考使用的都是法语的时候，我开始惧怕丢失自己曾经引以为傲的中文语感。

　　我自幼热爱文学与写作，虽然本科考入中文系算是实现了心愿，但此后我只习得了一堆学术写作的技巧，掌握了错综复杂的概念和术语，学会了约束主观情感和想象力。写作确实犹如饮水进食般频繁发生，可我却渐渐忘了如何写好一篇"无用"的文章，语言似乎退化为符号，文字也仅关乎效率，修辞与诗性缺乏茂盛生长的空间。如今远离故土，法语成了我的工具语言，我反而意识到汉语之美有多么可贵。在不需要借助汉语实现任何功利目标的领域，我重新拾得对于中文写作的热情。

然而想要恢复即将被我遗失的中文语感绝非易事，这种经验就好像长时间病变的肢体终于得到治愈，重新投入使用却再也无法被有效驱动。四肢功能衰退尚能通过物理复健来弥补，但大脑皮层中，对于这部分身体的感知和记忆却永远无法变得完整。当我有意识地从事写作的这种自我训练，我常有不可遏制的无力感，因为找不到精准表意的词语而如鲠在喉，仿佛体内始终有个部位隐隐刺痛，我却对痛感束手无策；同时，我又因为看见了自己的缺陷而倍感失落。假如我们已经习惯了某种语言的逻辑结构，此时若切换到另一种语言进行书写，我们需要经历的并不是在原有的思维框架上添砖加瓦，而是把整个框架推倒重建。犹如行走于泥沼，真正令我们为难的不是如何踩对下一步，而是如何把脚从深坑中拔出来：必须克服巨大的外部阻力，同时关注身体的内部平衡。

曾经在一篇戏剧评论中读到关于塞缪尔·贝克特的一段话，当有人问起他为何放弃英文转向法语写作时，他回答"pour se rendre étranger"，意思是为了使自己变得陌生（étranger）。身处在非母语的环境，贝克特将自己搁置于既隔绝英语又疏远法语的边缘地带，既回不去又进不来，成为一个纯粹的局外人（étranger）。划分人之身份的界碑，是语言，而左右身份认同的尺度，也是语言。局外人不介入任何一方，却始终游走于两者之间，好处是能够时刻保持警惕，不会掉入任何一方的陷阱内，难的是他需要做那个高空走钢丝的人，孤军奋战并且没有退路。

贝克特的这句话多次给予我启发，每当词不达意或者含混结巴的时候，我就想着，也许这就是最佳的时刻，我可以暂停下来重新审视我赖以思考和言说的语言，可以俯下身来摊平语言中的层层褶皱，仔细触摸那些在我脑海中已经固定成型的观点和浮现在我眼前的可选词汇。写到这里，我忍不住默念保罗·策兰的诗句："某物出现／它曾和我们一起，未被／思想触摸。"

这本书收录的文章写于三年以前，它们见证着我身为"局外人"在陌生的语言环境和疏淡的母语系统之间往复摇摆的全部过程。起初，我事无巨细地记述我在巴黎的留学生活，从饮食起居、节庆习俗到日常感悟，如同一个形单影只的游荡者，在明晃晃的日光下穿街走巷，随处闲逛，把城市当作舞台剧场；然而我又与场景中的所有存在者保持疏离的关系，似乎唯有如此才能将周遭看得更真切。我让双眼化作一个冷峻的镜头，从不预设什么画面，只是等待着某个按下快门的瞬间，某个不知何时到来、是否会到来的"决定性的瞬间"。

后来，我又带着这样的目光开启长途旅行，去巴黎外省，去周边国家，乃至跨过大西洋。如同19世纪正在完成壮游的那位"雾海上的旅人"，我把旅行当作一种思考的方式，在身体的位移和风景的转换间体验各种形式的文化与艺术。本书题为"巡礼之年"，意欲致敬李斯特从二十岁出头开始创作的钢琴曲集"Années de pèlerinage"（巡礼之年，或译为旅行岁月）。李斯特用音乐书写他旅居瑞士与意大利的游记，描绘自然景物、文化遗迹，在沉思中与古人对话。我虽没有操控音符的能力，倒也是在差不多的年纪里动身周游许多地方，怀着亲历艺术发生现场的初心，我向世界敞开所有的感官，只愿能够观看和聆听那些伟大的作品。

目　录

上篇

巴黎游荡者

巡礼之年：从巴黎出发

夜晚的节日

　　巴黎有两个能引起全城出动的夜晚，一个是"白夜艺术节"，一个是"博物馆之夜"。当然这座流丽的城市，永远不缺五花八门的事件吸引人们彻夜狂欢，只不过它们大多与我的生活没有交集。除了这两个与艺术有关的节日，涉及我的学业与职业的时候，我才极为"势利"地积极参与。

　　白夜艺术节在每年的十月份。十月的某一个夜晚，散布在城市各个角落的公共艺术作品、多媒体装置和行为艺术表演，能够连轴运转到次日清晨，其中也包括它们的观众们。我倒是没有通宵达旦的毅力，那些艺术作品和项目，彼此相隔几公里，城里到处人头攒动、水泄不通，公共交通形同虚设，我们不得不整夜步行，揣着一本游览指南，在标记星号的定位点间跋山涉水，还要在高度密集的人群中抵挡碰撞与拥挤。白夜艺术节倒是不太考验观众的艺术领悟力，主要还是考验脚程与体力。我通常支撑到凌晨两三点就会败下阵来，整个人疲惫不堪，带着信息量过载、内存严重不足的大脑和相机，步履蹒跚地回家。

▲ 白夜艺术节中的装置作品

想起一件小趣事。在某届白夜艺术节上，我的中国同学大卫，用了半个夜晚的时间，一口气走遍塞纳河沿岸所有的展演地点，午夜刚过，他已经是昏昏沉沉。原本打算走进香榭丽舍大街的剧院稍作休整，舒舒服服地坐下来欣赏一出先锋戏剧，结果他刚坐下就不知不觉地睡着了，而且还是直接躺在地上过了一夜。尽管第二天回想起来有些后怕——毕竟这样的历险与"露宿街头"无异——但他又说道，这种在公共场合伴随着声色光影入眠的经验，他相信一定是绝无仅有且毕生难忘的。

　　记得初次参与博物馆之夜的时候，我感到异常兴奋，全欧洲上千座美术馆和博物馆，都在那天免费开放。每家机构都为那个夜晚策划了一系列活动和表演，入夜之后即刻启动。卢浮宫、大皇宫、蓬皮杜中心之类的著名景点，从下午开始，门外就排起了长队。每次看到入口小广场上黑压压的人群，蠕虫般地挪动，我总会产生一种在国内参加新年庙会的错觉。不过这些观众倒是耐力惊人，明明知道需要等候一两个小时甚至更久，也很少有人会中途放弃。

　　我素来对排长队抱有知难而退的觉悟，一场展览的观看体验有时比被展示的内容更为重要。观众数量过多，我无法在展示空间内从容移动，难以转变不同的视角来观察作品，也没有足够的时间与作品互动，对展览整体的感受与理解必定会大打折扣。或许是本身学习策展理论的缘故，我的关注点经常放在作品以外的其他因素上，比如空间、场域、布置、关系网络，等等，当然还有观众。因此，博物馆之夜是一个绝佳的机会，它并不像那些为期数月的特展，会把观众流量分散到每一

▲ 博物馆外的长队

天，而是将数量庞大的参与者压缩到较短的时间限度内，让观众与作品、观众与观众之间的化学反应更加剧烈。它更像是夏日的烟火祭典，蜉蝣一般朝生暮死，有种"一期一会"的味道在里面。

好像无论哪个国家的人，都有追赶热闹的需求。庙会、集市、烟花大会……参与者身份混杂，来自各种阶层，他们并不需要像看球赛或者听音乐会那样，具备某个特定领域的知识背景。在巴黎，"看展览"这件事情，可以像庙会或集市那样，被人们追赶着参加，它是一种被高度大众化、日常化的群体活动。这座并不庞大的城市容纳了三百多家博物馆、美术馆、艺术中心和画廊，看个展览就和下个馆子、喝杯咖啡一样轻松平常，没有人会因为不了解美学概念，没有修习过艺术史课程，就把自己关在展厅大门之外。也许是巴黎人健谈，他们不仅热衷于看展，还必须要拉着同伴站在展品面前滔滔不绝地分析评论一番。

于我而言，趁着博物馆之夜去博物馆凑热闹，更多的是为了观察巴黎人究竟如何凑热闹。换句话说，我观看的对象不是展览，而是展览现场的观众。正如摄影师托马斯·施特鲁特（Thomas Struth）所做的那

▼ 坐在塞纳河边

样，当观众置身于展览空间，或是站在作品前凝神静观的时候，我就会偷偷地，趁他们不注意，把自己的眼睛当作镜头，记录他们的面部神情与身体姿态。至于这个观察练习为什么非得在特殊节日里完成，那是因为平日里我也是普通观众的一员，也是在展览现场被观看的对象。

白夜艺术节和博物馆之夜，就像巴黎半年一度的大型公共艺术联展，几十位艺术家需要依据统一的主题接受委托创作。进入夜晚，整座城市化身巨大的展馆，它被划分为不计其数的小区域，内部陈放形式与媒材各异的作品，遥相呼应，彼此叠加，作品与作品之间隔开的距离，流动其间的观展人群……所有这一切才共同构成完整的城市机体。人们常说巴黎是一席流动的盛宴，在我看来还不够准确：巴黎是一场大型沉浸式交互展览的现场。

我总是隔三岔五地质问自己，当初为什么选择来到法国，来到巴黎。尤其是当公共安全事件接二连三地发生，在这个充斥着不稳定因素的国度，我的坚持常被恐惧所动摇。刚来巴黎的第一年，因为不可避免的文化排异反应，有段时间我成天闭门不出，仅靠面包果酱度日，除了我那十几平方米的留学生宿舍以外，没有任何地方能让我感到安全自在，我抗拒与家门外的世界有任何联系，甚至反感与法国同学建立交往。身边也有留学生朋友有过类似的症状，一面哭喊着退学回国，一面仍旧磕磕绊绊、跌跌撞撞、单枪匹马、披荆斩棘，一个人活成了一支军队。对待这个国家，我有许多复杂的情感和糟糕的经历，有时厌恶得咬牙切齿，但心底里还是舍不得太早离开。

每当有人问我是否喜欢这里，我总是迟疑着给出含糊不清的回答。

　　然而，唯独在这两个与艺术有关的不眠之夜里，我意识到自己对巴黎依然抱有纯粹深切的喜爱，收获了一种久违的幸福感，仿佛贪玩的小孩终于实现梦想，住进了华丽的游乐场，周围不仅环绕着应有尽有的玩具，还有那么多同他分享快乐的玩伴。在那些暴走全城的夜晚，应接不暇地看完十几个展演项目，回到家中瘫倒在床上的时候，再度想起那个始终萦绕在耳畔的问题，我可以用反问的方式回答自己：为什么要留下来，还有比这更好的理由吗？世界上还有哪个城市拥有这些属于艺术的夜晚？

河边发呆爱好者

　　回想起自己从小到大生活过的地方，我发现它们都有穿城而过的河流。童年与少年时期在东南沿海地带度过，那里本就是水网密布的区域，虽然离海岸线还有相当一段距离，但河海的概念是生活中一句绕不开的潜台词，一个无须言明的大背景，它隐而不发却始终在场。更不必说其他水的形态了，无论江、河、湖泊还是小溪流、小水塘，它们在我的记忆里充当了许多故事发生的场所，当然也同样是许多故事的内容本身。

　　如果说一个人的存在由他的记忆和个人历史决定，那么在我认知自我的过程中，水的概念以及与之有关的记忆是不可分割的要素。好比人们常说江南人有水的性格，尽管这样的论断本质上或许是一种地域偏见，但是一座城市如果真的有高度充沛的地表水体，那么观察身处其中的人群，确实能够在他们身上发现一些相近的习性。

　　最近几年游荡在异国他乡，观察较多的是塞纳河及其支流沿岸的人们，另外也旁观过卢瓦尔河、索恩河、罗纳河周边的生活。篇幅有限，在这里先拿最典型的塞纳河与巴黎人来举例讨论。

记得我初抵法国的那天，朋友为我安排了一处位于圣马丁运河旁边的小公寓。长途飞行后头昏脑涨，身体困顿，但心里又抑制不住对新城市的好奇，坐在驶向住处的汽车里，我的眼睛直勾勾地看向窗外，让陌生的景观与沉重的眼皮互相抗争。

　　第一个撑开我眼皮的画面，就是圣马丁运河两岸密密麻麻、或坐或卧、横七竖八的人们。彼时是巴黎时间傍晚七八点钟的样子，夏季的太阳仍是明亮的，我猜想聚集的人群大约是在等待入夜后河边的集会，或者音乐节、电影节之类的项目，可是附近并没有任

▼ 圣马丁运河旁
　发呆的人

何与公众活动有关的设施设备，于是我询问朋友。

"他们在这里干什么？河边怎么有这么多人？"我问道。

"他们啥也不干，而且只要天气好，每天他们都会在这待着，啥也不干。"朋友说。

后来通过仔细观察，我发现好像确实如此：巴黎人很喜欢聚众"无所事事"，不论是在河边，还是在公园里、喷泉旁或者咖啡馆的露天卡座，他们对于发呆这件事，甚至对于浪费时间这件事，怀着无穷无尽的热爱。说他们无所事事，只是因为他们眼中好像没有什么值得着急、奔忙的事情罢了。要知道大多数巴黎的上班族是不需要加班的，再棘手的任务也只能在工作时间内烦扰他们，下班时间一到，任何事件都无法阻拦他们奔向"soirée"（夜生活）。当然了，并非所有巴黎人皆是如此，只不过我接触到的所有巴黎人皆是如此。

巴黎人与河的关系可以用"相看两不厌"来形容，这里面的关键词是"相看"和"不厌"。首先，"相"字并不是相互的意思，中文的构词法里，"相"可以偏指一方对另一方做出的单向动作，因此重点是人看河，人注视河，更进一步来说是人凝视河。换言之，河流是人的审美客体，面对河流我们是凝神冥思者，我们欣赏它的形态，观察它的运动，偶尔——若是联想到它在某部小说、某首诗歌或者某幅绘画中的形象——还会顺便思考一下它的象征意义。

这种观看，不是简单的瞥一眼，而是一种以视觉为媒介的智力活动。流水似乎能够激发人的思维。最近半年我养成了一个新习惯，但凡有朋友约我喝酒聊天我总会把地点定在塞纳

▼ 塞纳河边发呆的人

河边，而非从前的餐厅或咖啡馆。小超市里随手挑几罐水果酒拎着，也不管地面多脏，坐下就开始聊。没话可说的时候盯着水面，试图寻找水波纹路排列组合的规律，于是忽然就有新的观点或新的话题跳跃出来，如同水流撞击激起的细小浪花。

怪不得有"思如泉涌"这个词，大概思想的形态也呈流水状，需要流淌才能九曲回肠。所以前面才说这种看视是"不厌"的。套用赫拉克利特的话，人不可能两次看见同一条河流，因为它的运动不可重复、不可逆转且瞬息万变，每一个你注视它的瞬间，一条崭新的河流诞生，上一个瞬间的河流则永久死去。

住在巴黎的第一年里，六月刚刚踏进雨季的时候，塞纳河水位疯涨，颇有洪水泛滥殃及街道的势头，几个藏在桥洞底下的地铁站已经彻底被河水灌满。据说巴黎每过一百年就会被塞纳河淹没一次，人们对于这个传说心照不宣。于是在洪水最凶猛的那天，巴黎人又一次全城出动来河边看热闹了。

那天我正巧路过塞纳河，原本想去大皇宫看黄永砅的个展，却被告知展馆进水，展品受损，只好原路返回，穿过亚历山大三世桥，沿左岸向西岱岛方向走去。这一路上，河堤边沿挤满了手持"长枪短炮"的人，他们对着棕褐色的河水一阵猛拍，更有些法国本土网络主播，背对着洪水开起视频直播，盯着手机前置镜头讲段子并做实况解说。我第一次碰见这样的群体，竟能在自然灾害面前如同参与重大节庆仪式一般，每个人脸上洋溢着"幸灾乐祸"的笑容，若无其事地扛着各种摄影器材去记录灾害。可能对于他们来说，这些已然不是灾害，洪水

◀ 塞纳河水位暴涨

　　泛滥的塞纳河亦是难得的奇观，毕竟所有人都觉得自己是见证了历史的幸运儿吧。

　　我从来不知道灾害还可以被观赏。在我出生长大的江南水乡，河流是维系生活的必需要素，人们赖之以生存。运输、养殖、灌溉稻田等最基本的谋生活动，全靠河流的正常流通，流通一旦异常，即被人们视作天大的麻烦。因此那些阻碍人们发展经济的自然现象才会被视作灾害，反之，符合人们期待的现象则是福祉，是自然的美德与恩赐，值得被赞美与歌颂。就像爆发的维苏威火山只有在距离几十千米之外被观看的时候，它才是巍峨壮丽的景观，否则它就会带来恐惧。

在中文语境里，我们把关乎民族世代繁衍生息的河流称作母亲河，但我想没有几个巴黎人会认同把塞纳河比作母亲的说法。水是母亲。东方人习惯把出生地当作自己的归属，从哪里来就回到哪里去，此之谓"寻根"，借德勒兹的话来说，这是一种树状文化（l'arborescence）；而那些西方人，就我粗浅的认识来说，他们的归属地时刻处于流淌状态，顺沿生命的大河、尘世的大河，遇到岸就停靠，风势好就逐浪起帆，最终停在哪里，哪里就是他们的归处，不必回溯源头，也不必追念彼岸。

在巴黎我观察到的是，人与河是互相陪伴的关系。对于巴黎人来说，塞纳河更像是盛放诗性的容器，人们把他们多余的浪漫或者无处消解的忧愁丢进里面，或者更有甚者，比如那位德国诗人（保罗·策兰），把自己也丢进里面去。

说了这么多，其实都是因为最近在加斯东·巴什拉的《水与梦》（*L'Eau et les Rêves*）里读到一个令我心动的段落："生命是清澈的活水逐渐流淌成浑浊深暗的大河；水的命运是变得阴暗，是汲取黑暗的苦难，是渐行渐缓慢、渐沉重；凝视水，即是让自己流淌，让自己消溶。"

条纹女孩

　　我的室友李大虾，是我有生以来见过的人里面，最喜欢条纹的女孩子。之所以叫她李大虾，是因为她的本名听上去能让人联想到一种块头很大的虾。煮熟的虾穿着红白相间的条纹外衣，这样看来她的绰号跟她的兴趣爱好还挺呼应的。她的兴趣爱好除了文学和烹饪以外主要是买条纹衫和穿条纹衫。

◀ 李大虾相机里
　 的照片

我认为条纹是一种很容易喧宾夺主的花样。不管你如何搭配，不管它的面积占据你全身的百分之多少，别人对你的第一印象都会是："哇哦，这个人穿了条纹。"就像马蒂斯让他的画中人物穿上彩色条纹衫，画面立马以强烈的色彩对比制造出耀眼的闪烁效果；就像丹尼尔·布伦（Daniel Buren）的8.7厘米宽的垂直线条以双色相间的方式"占领"世界各地的公共空间，公共空间原有的、具体的语境和秩序立即被这种无差别、无意义、形式化的中性语汇彻底取代。

▼ 室友李大虾的
　衣架

我不知道是出于什么样的心理才会让有些人如此痴迷于某种特定的纹理。很多人的衣柜里都会有几件

条纹元素的衣服，可是在购买它们的时候，大多数人考虑的是服装的颜色、款式或品牌，很少有人会把布料的图案有意识地列为优先级。但李大虾女士就是那种，会单纯因为"这件衣服是条纹的"或者"这件衣服的条纹很好看"就怦然心动的买家。并且不止在购买衣服这件事上如此，她的"疯魔"程度已经延伸到日常生活用品的方方面面，比如她的房间内充斥着条纹毛巾、条纹手帕、条纹帆布包、条纹床上四件套、条纹餐具、条纹地毯……

每次走进李大虾女士的房间，我都会有种头晕目眩的错觉，好像走进一个欧普艺术的展览空间，必须遵守它的游戏规则。所以有几次在她的房间过夜，我为此特意返回自己房间挑了件条纹T恤当作睡衣，才觉得有资格睡在她的床上。进入李大虾女士的世界其实还是挺简单的，条纹就是一道浅显的通关密语。比如单身的李大虾女士曾经对一位素未谋面的男生颇有好感，仅仅是因为这位男生在他的社交网站账号上发布了一张穿条纹衬衫的照片。而在李大虾女士自己的头像里面，她也穿着一件类似的上衣。他们最开始在网络中的对话也很有趣，男生说："好巧，你也是条纹的。"李大虾女士立刻回复说："好巧，你也是条纹的。"两个拥有相同密码的人就这样对上了暗号。

我好像还没有认真问过她到底为什么如此热爱条纹，因为事实上，质问一个人为什么会拥有某种癖好，对方说不定也答不上来，顶多回复一句："就是喜欢啊！"癖好的存在通常是没有道理的，有时还令人匪夷所思，但我尤其喜欢那些有一点小癖好的人，也喜欢观察和琢磨他们的癖好。在我看来，癖好是一个人的本性中某个独属于他的部分的外化。打个比方来说，我们每个人的内核就像是一块粗砺的岩石，上面布满了纵横交错的纹路，所谓成长就是将这些纹路逐渐风化抚平的过程。我们最终都会是一样的光滑平整，除了在某些不易被察觉的角落里还留有几道无伤大雅的小褶痕，这些小褶痕显露出来就成为一个人稍有些不合群的怪癖和嗜好了。

隐约记得李大虾女士说过之前她在国内有个同样喜欢条纹的闺蜜，那时候她的"病情"还不像现在这般严重。两人分开后，对方的癖好似乎落在她的身上，被她大老远地带来法国并且愈演愈烈。两个亲近的人是会互相传染很多小毛病的。我的高中同桌是个喜欢数飞机的女孩，每次抬头碰到天上正巧有飞机经过，她都会做出伸手把飞机抓进嘴里吃掉的动作，然后拍拍身边人的肩膀，累计一个数，等这个数字达到一千的时候，她就会许下一个愿望。我一直好奇这套流程她是从哪里学来的，但也始终没有开口询问，后来我自己也学会了这套流程并且乐此不疲地模仿，进入大学后我又在我的社交圈子里把它给发扬光大。

李大虾女士的条纹癖也传染给了她身边的许多人，比如我是一个，还有李大虾房间墙上那些合照里其他我认识或不认识的小伙伴。另一位经常与我们一起玩耍的朋友，导演专业的Q同学，他的癖好是"不知道为什么就是喜欢拍各种各样的垃圾桶"。有天晚上我们带着相机一起扫街，经过某处地铁站的通风口，他发现一个大他四倍的巨型垃圾箱，立刻兴奋地跑过去一屁股坐在绿油油、圆滚滚的垃圾箱面前，要求我们给他和

这只大怪物拍合照，他在镜头里竖起两枚大拇指，笑容腼腆却眼神有光，像一个小孩挖掘到世间罕见的宝藏。从那以后，我们只要遇见看上去很好玩的垃圾桶就会拍下来发给他，到现在我也渐渐变成"不知道为什么就是喜欢拍各种各样的垃圾桶"的人了。

　　因为简单的微小事物就变得开心，这是一种珍贵的能力，我羡慕我的朋友拥有这样的能力，也想要拥有相似的能力，所以无意识地降低了自身的免疫防线，接受了他们向外传染的怪癖。我在这些可爱的怪癖里看到了他们的童稚状态，一副不谙世事、不知轻重的模样，如同原石一般粗糙笨拙却又朴素自然。

▲　里斯本街头的垃圾桶

乍暖还寒时候最令人尴尬

整个下午，巴黎下着奇怪的大雨，有夏季雷阵雨的模样，风还是冬风一样的刺骨冰冷。我淋着雨，抵着风，斜穿过卢浮宫前的卡鲁塞勒广场，想去再看一遍弗美尔的特展。在入口处咨询工作人员，被告知特展十分钟后关闭。转头再次斜穿过卡鲁塞勒广场，我在黎塞留宫侧面廊柱下找到一处石凳坐着躲雨。风很大，头顶的屋檐很窄，我把整个身子蜷成一个卷，塞进墙壁与廊柱间的夹角内，雨只淋湿了我的左肩膀、左手臂和左脚的球鞋。通常出门会穿连帽外套，如果天气预报提示当天会下雨的话。否则，淋着雨，抵着风，湿了鞋我也不撑伞。四月，已经是天晴时有法国姑娘穿吊带背心上街的季节了，而我裹着一层棉衬衣、一层牛仔夹克、一层呢大衣，蜷成了一个卷，缩在廊柱和墙壁间的夹角内，半边身体止不住地颤抖。

最近这些天巴黎有回冷的势头，气温有时在10摄氏度以下，有时趋近零度。听说隔壁的德国和瑞士下雪了，而在这里窗外总是风雨琳琅。前不久换季，好不容易收起冬衣并整理有序，如今又满心不舍地从箱底抽出几件来。每天出门前，若是见到有几片阳光映射在对面公寓大楼的白墙上，我就会怀着侥

幸心理，穿上轻薄的风衣。却还是冷不丁地，会在中午前后，被突袭的雨水冻得狼狈逃窜。

　　从小记得北方是"春脖子短"的，几年前在北京短暂停留过，理解了这句俗语指涉的状态。来到欧洲以后，开始觉得春天是很让人尴尬的季节。四五月份的时候，南法靠近瑞士的山区，山顶上还有厚厚的积雪，周末随处能见到全副武装进山滑雪的游人。而在巴黎，大街上也还有穿厚棉衣、羽绒服的人。

　　常常和朋友念叨："欧洲的冬天真是难熬啊。"因此为了准备过冬，我们会互相鼓励、督促，积极抗郁。战线拉得太长了，到了三四月份，我们都是疲乏不堪的样子。天气暖了才终于让人感到如释重负，卸下所

有的防御机制。可是冷风冷雨的突袭，总能杀我们个措手不及。身边有些朋友，咬着牙、铆着劲熬过了漫长的欧洲的冷酷冬天，却偏偏在乍暖还寒时候陷入抑郁症的泥沼中。所以我说，春天是很让人尴尬狼狈的季节了。

一座城市似乎也有每日不同的心情，而巴黎是情绪化的，并且极其容易受到天气影响。法语里有个形容词，"capricieux/capricieuse"，任性多变的、阴晴不定的、轻率无常的。可以描述人的性情，也描述天气。它正是我对这座城市的总体印象。阳光充沛的时候，她的活泼可爱显而易见，市区街角的小广场上总是一派"群魔乱舞"的景象，除了小商小贩和大批游客外，还有组团演奏的乐手和他们身旁摇摆扭动的路人，有时也有为选举造势拉票的小团体，当然也有局部骚乱的小游行。而阴雨或阴雪天里，什么也没有，到处是一种"人人自危""人人自保"的气氛，没有人会与你随意攀谈，没有人会因为你坐在阳光下的喷水池边被微风吹动发梢露出清浅的微笑而对你说"你好，亲爱的美人""打扰了，我的小公主"之类的开场白。

城市的情绪变化，最惹人注目的标志，体现在流动的颜色上。准确来说，是那些身处其中的人们，他们穿着打扮的颜色。举一个简单的例子，在冬天，这里几乎见不到穿亮或暖色外衣的人。就拿我自己来说，整个冬天，甚至从入秋开始，便是一件黑色呢大衣、一条黑色牛仔裤、一双黑色小皮鞋，穿了四个多月。开春后我终于把那件压箱底的淡粉色风衣和砖红色长裤取出来穿，可是这些日子气温降到个位数，我又重新穿回了一身黑。这么做，不是为了显得帅气，而仅仅是出于一点"自保"心理。黑色让我感到安全。

米歇尔·帕斯图罗（Michel Pastoureau）在《我们记忆的颜色》（*Les couleurs de nos souvenirs*）里谈到20世纪布尔乔亚式的"正派"年轻男子，"应该避免一切错误的品味"。比如有这样几条关于着装色调的规矩：栗色，除了秋天以外，在其他季节内必须被禁止；蓝色居于优先地位，但蓝色永远不可与红色相搭，否则便俗不可耐。总而言之，一条终极铁律是，保持一个"好色调的中性状态"。作者挪用罗兰·巴特的话说：

"这是用色的'零度'（le degré zéro de la couleur）。"

年初我的一位老师将此书赠予了我，说它读来犹如美学小品，又像社会学的"边角余料"、艺术史的逸闻杂谈，给我做地铁读物、消遣之用。作者帕斯图罗是法国艺术史家和纹章学家，他的"色彩列传"系列很是著名。我实在是喜欢这册小书，不仅因为作者写得清晰，梳理了一个关于颜色的现当代简史，更重要的是他娓娓道来，分享个人记忆和属于他那一辈人的集体记忆。

书中论及颜色在实际生活和知识界的方方面面，顺着前文的话头下来，我在这里只引用一点着装方面

▼ 法国国家图书馆
　 的文献研究室

的细节。需要注意的是，书中所说的着装，与时尚、风潮、流行等概念无关，不是杂志、影视图像上的时装，而是普通大众在现实生活中最基础的日常穿扮。据作者考察，无论在20世纪40、60、80年代还是2000年后，欧洲诸如伦敦和巴黎这样的城市中，衣着的基调永远是黑色、灰色、蓝色、米色和棕色。白色和绿色很少见，红色更少。至于黄色、粉色、紫色、橙色，则是彻底缺席的。这个现象对于所有性别、年龄段、社会阶层的人来说都一样。只不过在冬天，黑和灰更多见，夏天则稍微偏向白和蓝。

穿上红、黄、紫色立马就会从人群中跳脱出来，这些艳丽的颜色被作者称作"亚洲色""非洲色"或者"美洲色"。因为在这些地域，城市街巷好比热闹的剧场，其配色较之欧洲，更为鲜活和驳杂，也更具"侵略性"。造成这个差别的原因自然错综复杂，与历史、伦理、宗教、社会、物产、气候等要素皆有关联。但在现代生活的语境下，作者抛开以上丛杂的概念不谈，只说一个最简单的人之常情，即是寻求安全和保险的心理。

来到欧洲生活之前，我心里也存在两个经典的刻板印象："巴黎是时尚之都"以及"欧美人都很有个性"。显然，在开始真正的生活之后，这两个刻板印象也随之烟消云散了。所谓"时尚"，不过是平凡日常中一个鼓足勇气才能实现的小小冒险而已。我身边接触到的法国人，或者说巴黎人，并不时髦，也不"离经叛道"，他们大多是内敛的、封闭的。当然这也并不是巴黎人独有的秉性，这是现代都市生活的产物。都市最终都会把身处其中的所有人雕刻成统一的"零度"的模样，无论这些人曾经是多么的张牙舞爪。我所见的巴黎人，与我所见过的上海人、东京人、纽约人并无二致，他们早已习得并且善于从外观上获得"自保"了。

向高处去

一座城市必须至少有一个高处，供人暂时逃离。不一定是摩天大厦，它们通常安保严密，你不可能出入自由，更不可能趁人不注意登顶最高层。开头这句话扩展完整应该是：一座城市必须至少有一个独属于你的高处。你想去就能去得了，而且不会被打扰。

并不是主张像那些极限运动者一样，专门挑战垂直高度骇人的城市之巅，拍下让人看了心跳加快的照片，毕竟在俗常生活里面，这些惊心动魄派不上多大用场。你需要做的只是与地面稍微保持一点距离，同时确保头顶没有其他居高临下的遮盖物。我喜欢待在天台，居民楼顶层那种就可以。这让我有种"终于可以喘口气了"的感觉，还可以显得自己稍微不那么"井底之蛙"一点。

自记事起，搬过几次家，每到一个新的住处，我总要寻找机会爬到最高层，看看天台的门能否打开。如果能是最好，赶紧把家门口这个据点占领下来宣示主权，否则便再寻找其他去处，比如周边的公寓楼或者学校的教学楼，总归是离自己生活轨迹不远、可以随时"乘兴而来，兴尽而返"的地方。每座

▲ 站在巴黎圣母院塔楼顶层

生活过的城市，于我而言，都有至少一处这样的地方。从前喜欢夜里出门散步，但不是漫无目的地闲逛，而是为了扩张领地，四处踩点。听说做人要有点猫性才好玩，大概我这个习惯是从我家猫咪那里学来的。

刚到巴黎那段时间，我常去巴黎圣母院塔顶的钟楼，就是卡西莫多工作过的那个地方。钟楼四周有一圈露天观景平台，可以俯瞰整个巴黎中心城区。常去这里一是因为从小对《巴黎圣母院》的故事烂熟于心，尤其是它的音乐剧版本；另一个原因是艺术类专业的学生可以凭学生证免费登顶，我也就没事多占占这个便宜。唯一不足的是，在这个一年四季都是旅游旺季的城市，无论什么时间造访圣母院，门口永远排着一眼望不到尽头的长队；而且观景平台的工作人员也不会允许我一个人霸占某个角落太久，后方的游客涌上来，我就会被驱赶下去。

后来我办了张蓬皮杜中心的会员年卡，不用再排长队，进入各个展厅都畅通无阻，也没有人限制我的逗留时间。蓬皮杜中心顶楼的天台不算是巴黎最高的地方，但据说是鸟瞰全市风貌的最佳观景位置。大概是因为这里可以观察附近密密麻麻的赭红色小烟囱们，跳跃在层层叠叠、深浅不一的灰色锌皮屋顶之间。所以不管有没有展览要看，假如闲来无事，我也会去蓬皮杜中心顶层的露天咖啡馆坐着，装模作样地翻两页书或者在纸上涂画几笔。

不久前我又发现阿拉伯文化中心真是个难得的好去处，它的天台更加开阔、空旷，去的人不多，并且它就坐落于塞纳河左岸。但其实我偏爱这里倒不是因为它景致如何，而是喜欢这

座建筑物本身。初中在一本漫谈欧洲建筑的随笔集里第一次看到阿拉伯文化中心的照片，我就被它构造奇特的窗格吸住了眼睛，它们像相机光圈一般，可以根据天气阴晴变化自动调节孔洞大小。远远望去它们和传统清真寺的雕花窗户没有任何区别，都是神秘图案的重复叠加，但从内部近观才能发现别有洞天，这些小孔如同大型机械装置的齿轮，互相关联、精确配合，因此整座建筑就像是一件精密的科学仪器。

至于埃菲尔铁塔，我至今没有登上去过，本想留到彻底离开法国之前再去的，算是完成愿望清单上的打卡项目。但事实上，铁塔只适合被远观，并不适合

被"身居其中"。听很多朋友说，站在铁塔上看巴黎，总觉得视野里少了点什么。那是当然了，因为缺少的那个部分，就在你的脚下。

接下来，我的目标是想办法爬上国家图书馆的楼顶。那四座形如书籍的主体建筑，我已经觊觎它们很久了，只是暂时还没有尝试过溜进它机关森严的办公区域。每次经过楼下或者从远处眺望，我满脑子琢磨的都是"要是能去那顶上就好了啊"。不过转念一想，我又忍不住有所动摇：既然喜欢的风景还是在保持距离的情况下最好看，那就还是继续从它身旁经过或者偶尔远观便好，有时候太想到达的地方，只适合不被到达。

让我们像树林

　　一位很重要的好朋友不久将要"彻底回国"，我们都在寻找各种方法同他好好告别，打着饯行的旗号吃过几顿饭，组过几次聚会。其实话早都说尽了，也对语言的匮乏心知肚明，深谙多说无益的道理，却还互相赖着，做出一副饶有兴致的模样，不知从哪个犄角旮旯里头又搜刮了新的借口出来，叫嚷着要约在什么时间地点碰面。这些行动的初衷其实很简单，无非是想着在离别的日子真正来临之前，能多见一面就尽量多见一面，即使只是同乘几站路的地铁或者同去某家亚洲超市采买各自所需的食材。

　　以离别为最终目的的多次见面，是一系列的追悼仪式，不是因为有多么不舍，而是企图从头梳理一遍与朋友相识的经历，并以此为契机，让自己稍微放慢脚步，清点过去一段时间内与对方有关的记忆。要告别的对象并不一定是某个具体的人，而是那些即将变得越来越淡漠的经历和越来越模糊的记忆。

　　曾在巴什拉的书里读到一句话："Partir, c'est mourir un peu."意思大致是：离去，就是死去了一点点。我们与他人结

识并交往，是把一部分的自己投影在他人身上。他人　　▲ 萨伏伊别墅内部
的退场，也彻底带走了这一部分的自己。好好告别，
是为了跟自己做一个确认：对于即将逝去的那些东
西，我是否完全没有留恋了，在它们消失以后我有无
备选方案去填补它们留下的空白。如果答案是肯定的，
自然最好不过，省去了许多掏心掏肺的麻烦；如果答
案是否定的，那也无妨，在条件允许的情况下，尽可
能多见几次面，多告几次别。再见多说几遍，没有谁
和谁是分不开的。

　　慷慨的人擅长把自己拆解成数百数千块拼图，大
大方方地分别送给自认为值得的人，彼此留一个再度

相见的凭证，指望有朝一日用这块拼图互相提醒着共话当年，好像已经褪色的那些共同经历和记忆就能找回来了似的。对于这种处世逻辑，我素来能够理解但却无法认同。因为心里清楚得很，人来人往无定时，只有这流动的来往才是永恒不变的。空间的迁移更是对人际关系的自然筛选。在不同的世界里穿行，遵循不同的时间尺度生活的人，既不得以深谈又无法向对方道明当前的处境，若是还要紧紧攥住虚空中一点微弱的电波苦苦联系，实在是显得有些自不量力了。

一直以来坚信人与人之间应该要像树林，互爱而独立。各自挺拔地站立着，各自呼吸，各自生根发芽，

▼ 萨伏伊别墅周围的树林

却是并肩排列的关系。我们只需要足够维生的土壤、水分、阳光，不用被给予太多，切勿过分施舍，不用靠得太近，有所保留和节制，以免遮蔽了对方的枝叶。虽然有时会因为这样的想法，被某些朋友嘲笑为寡淡疏离的人，但说到底，寡淡疏离是人情的本质，浓烈密切的方式不仅令人窒息，而且总带着些许虚浮。

回想起大约四年前，在日本横滨的三溪园，听建筑学教授内田青藏先生讲述草庵采光的智慧。陈年的木质结构茶屋坐落于三面崖壁的溪谷中，庭院里遍布青苔，泉水绕庭而过。待客室在房子最西侧的角落，整个空间不足一人高，稍有些低矮逼仄。屋内没有烛火，只设置了几方高低错落的窗格，日影漏过树木枝叶，落在青苔、青石、清泉上，又被折射返照进窗格里，方才达到采光的目的。

然而最令我动容的一个细节，是待客室的"墙底窗"，一扇不足一米见方的小门。茶客访问茶屋主人，不能经由正门正厅进来，他们必须佝偻着身子，从"墙底窗"跪行而入。通过这道窄门，来客屈折了姿态，脱去了自己的世俗身份，成为一心求饮的深山旅人，心神谦敬，自甘低微。而主人早已备好茶点在幽暗中恭候多时，心想你既然已经净手漱口通过露地、中门重重关隘来与我相会，我必报之以深情的仪式：我添炭煮水，插花点香，拭器奉茶；你悦纳啜饮，鉴我墨迹，品我檀香。最后，我该清洗茶具了，你也该走了，你说多谢款待，我说路上小心。世间所有的相识与别离全都在这里了。

▲ 日本横滨三溪园
草庵的建筑课

刚来法国的时候，正巧碰上一位学姐研究生毕业，准备回国工作。"我要彻底回国啦，"她对我说，"以后你还会经常听到这四个字，也会渐渐明白它意味着什么。"现在的我，一时也说不上来它到底是什么意味，也许要等到我自己也彻底回国的那天，才能看得更透彻。

留学生活的社交圈其实很纯粹，拿我自己的情况来说，平时联络频繁的朋友也就两三个。可能是专业相近的缘故，我们都需要花费大量时间阅读文献、编织论文，生活方式都是家、学校、图书馆的三点一线，所以我与这些朋友大多是靠一起自习、自习后一起吃饭、吃完饭一起看个展览、看完展览买两罐啤酒一起坐在河边喝掉来维系友谊的。

我们曾经肆无忌惮地谈论马拉美、普鲁斯特、瓦莱里、基弗，或者是从米拉波桥上跳下去的保罗·策兰，以及其他九十九种跳进塞纳河里的可能性。也许在国内我们都很难像这样，不受打扰地活在自己的小世界里，并且不受其他因素干扰地，仅凭彼此小世界的"遥远的相似性"就与他人结交。

这位即将彻底离开法国的好朋友，曾经说过我"活得很纯粹"，但事实上，他才是我至今见过最纯粹的人：这个喝到微醺状态会用德语吟诵诺瓦利斯的诗句的人，这个看到女生的漂亮衣服会感叹"Le monde doit être féminisé"（这个世界应该被女性化）的人，这个会扛着厚重的七星文库版马拉美全集去参观马拉美故居的人……无论何时何地，他都保有孩童般的真诚和朴素。

我们都是活在空中楼阁里的人，在远离地表的一座浮岛上遇见，既然已经脱离曾经熟悉的土壤和常轨，那就暂时放任自己去做理想化的事情，做不切实际的梦，互相陪伴度过一段"与世隔绝"的时光。也许彻底回国以后，我们的心性就都变了。会像从前那样，习惯于被庞大的人群裹挟着往某个固定的方向弛走，我之所以是"我"的那个孤绝独立的部分，也像一滴水落入大海那样，消散了。

但是我的朋友，我也只是你身旁站立过的一棵树，当你被迁往别处生长，我就借着风力多撒下一些树叶，填满你曾经站立过的地方留下的一处凹陷。

病事碎笔

　　过去的几天生了场不大不小的病，在家和医院间反复折腾。所幸身边有好友耐得住我的"打扰"，陪着我化验、输液，把我从一个地方搀扶到另一个地方。我为自己收获到的善意感到万分幸运。在诊室门外排队等候的时候，坐在我旁边的同样是位留学生，黑色短发的男孩子，佝偻着脊背，手里紧紧攥着一只黑色垃圾袋，手肘支撑在大腿上，脑袋埋在双臂之间，有时他也把脸埋进手掌里，总之看不清脸。每隔一段时间他就朝垃圾袋里呕吐，但他静悄悄的，除了干咳没有发出任何声响，只是透过单薄衬衣隐约可见他背部肌肉的挛缩和颤抖，我才因此判断他的体内正在经历着翻江倒海的疼痛。终于轮到他走进诊室面见医生，过了好久他才从座椅上站起来，一手攥着那只塑料袋，另一手提起破旧的大书包甩挂到肩膀上，佝偻脊背，像个老人一样缓慢走开。

　　后来我在医院的走廊上又碰见过他几次，依然是驼背的样子，步履蹒跚，一手扶着墙，一手捂着肚子。有一次在化验室门口，他大概是正要去取化验报告单的时候疼得受不了了，我见他单膝跪地，整个人面朝墙壁蜷缩成一团，脑门抵住手臂，手臂又压在墙面上，他的书包和其他随身物品都散落在地。我经过他身边，凑上前对他说"小心看好您的东西"，他露出半边脸来对我轻声道了句感谢，我才从那半张没有血色、青筋突起、额边渗出了几滴汗珠的脸上，看到一丝疲惫、无助和隐忍。对了，那也是一张亚裔的脸庞，看上去和我年纪一般大。我于是在他的肩背上轻轻拍了拍，才离开去做我自己的检查。

在离家很远的城市一个人生活，最害怕的事情莫过于生病。平日里一个人开疆拓土，上阵厮杀，一旦生了病立马被打回原形，忽然就意识到自己还是势单力薄，也不得不开口向他人请求援助。自从来到法国以后，我的身上出现了一个新的规律：每逢学期结束之后总会生个小病，有时是呼吸道感染，有时是肠胃发炎，有时就只是没来由地头疼脑热或者是其他什么症状。经历相似的朋友对我说，这就像一根弦，长时间绷得太紧，忽然让它松开，它一定会剧烈晃动一阵子。或者也可以解释为，之前忙于应付外界纷繁复杂的人和事，身体内部的各个组成部分积怨已久，现在终于可以暂时屏蔽外部，我们才有时间来与内部相处，解决被长期搁置的（器官之间的）矛盾。

内部矛盾的外在表现形式便是或长期或短期的病症，治疗疾病也就是自己与自己逐渐和解统一的过程。

想起曾经读到过的一段话，是一位德国诗人写的："第一步是把目光投向内部，进行隔绝自我的凝视。那些停留在这里的人仅仅完成了一半路程。第二步才是把目光有效地投向外部，对外部世界进行积极且持久的观察。"

那位诗人用这句话来阐述他的浪漫主义思想，而我这里

算是盗用过来，断章取义地理解它了。很多年前读史铁生的《病隙碎笔》，他也谈到自己是在罹患恶疾之后才终于有时间、有闲情来与自己相处：关注身体细微的感觉变化，审视疼痛出现、加剧、持续、消退的完整过程，记录每个一闪而过的念头与想法……人向外部世界跋涉，也需要向心内跋涉，但若是非要等到疾病缠身的时候才有机会动身去走另一半路程，未免也太令人遗憾了。

我在巴黎最要好的一位朋友，T学长，正在攻读法国当代文学的博士学位，在最近的半年里，他经历

了一场大病——吉兰·巴雷综合征，此前我们谁都没
有听说过这种疾病，据说是神经细胞被某种病毒感染，
造成了全身多处肌肉迅速瘫痪以及剧烈的神经疼痛。
我得知这个消息的时候正在国内过圣诞假期，年初回
到巴黎就马不停蹄同另一位好友去医院探望他。说来
惭愧，在他住院的几个月内，我只去看过他三四回而
已，也没能像其他朋友那样或者是煲汤煮粥照顾饮食，
或者是带一副象棋、几本小说去陪他消遣，我的作用
大概就是愣坐在一旁絮絮叨叨地讲话，为他语言功能
的恢复做点微不足道的贡献罢了。

T学长暂住的医院就在法国国家图书馆附近，从他病房的窗口还能望见法国国家图书馆标志性的主体建筑，如同四本打开的书籍竖立在天空之下。有时我们结束在图书馆的自习后便会顺道来医院陪他吃晚饭，尽管在探病这件事上，我最不忍心看到的就是病人吃饭的画面。

印象最深的是曾经在国内看过的一出舞台剧《最后14堂星期二的课》（剧本改编自小说《相约星期二》），很喜欢的演员金士杰先生在剧中饰演莫利教授。这部戏我在现场看过两遍，每每演到莫利教授吃鸡蛋色拉的桥段我总是泣不成声。他因患有渐冻症，四肢不受大脑控制，手部肌肉也随之萎缩，简单的饮水进食对他来说难如登天。为了讨他的学生米奇开心，他努力体面地、独立地吃完一份色拉，他用尽全力叉起一片生菜，他的手抬不起来，只好运用手腕的力量反转前臂把生菜抛向身体内侧，再低下头用嘴去够它。他尝试了好几次，不是用力过猛就是角度稍有偏差，再或是手甩早了上半身来不及配合反应，最后菜叶和鸡蛋碎屑撒了一地，餐盒也被他打翻。整个过程中他的学生米奇没有说话，背过身去假装四处张望，他不是不知道自己的恩师已经病入膏肓，只是不忍心目睹他狼狈难堪的模样。

忽然想起很多年前我去看望一位身患绝症的教授，他曾是我大学本科期间一门西方哲学课的老师。我的舅舅与他是故交，听闻他患病的消息便嘱托我代为探视。我虽不是哲学系的学生，但对这位教授仰慕已久。印象中的他在讲台上风度翩翩，带领我们逐字逐句细读笛卡尔《谈谈方法》的法语原文；

他出口成章，像手法高明的解剖医生，总能把复杂深奥的术语和概念拆解成平实浅白的日常话语。

得到前去探视的许可，我像被授予了一项殊荣般，心中甚至还有些兴奋，小心计划着见到老师后可以向他汇报哪些有趣的新闻。然而终于见到他的时候，我愣住了：病床上的他暴瘦如一副骨架，皮肤是青灰的颜色，表面沟壑纵横如同磨砂的纸张，脸颊深陷进去，只剩一双眼睛突显出来，目光涣散却依旧清澈。最后的结果是，除了基本的问候，我什么也没对他讲，在他身边站了一会儿，就去缠着师母非要帮她做点什

◀ 巴黎塞努奇博物馆

么。因为我同样不忍心看，重要的是不忍心破坏他在我印象中的模样。快要离开的时候他用虚弱的声音对我说："我生病的事，千万不要告诉别的同学。"这也是他对我说过的最后一句话。

我的朋友T学长在最开始接受诊疗的阶段，症状与渐冻症患者很相似。除了肢体不受控制外，还有咀嚼困难、吞咽困难之类的问题。等到我去看望他的时候，他已经就医一个多月，恢复了部分肌肉功能，也可以自己完成进食。

整个下午我都和他待在一起，他的眼球无法正常聚焦、上下颌骨无法正常开合、两片脸颊莫名其妙地颤抖，这些我都可以假装看不见，不往心里去，因为这是疾病经过身体的必然过程，它们是暂时的，随疾病来临也会随疾病消失。可是医院的病号餐端上来的时候，他用颤颤巍巍的双手一面抵住托盘，一面像莫利教授一样紧紧攥住塑料叉子挑起食物一角，他的手也还抬不起来，他也需要弓起背低下头用嘴去够住食物，然后再艰难地咀嚼、吞咽。一瞬间我忽然好像瞥见了他衰老后的模样，好像望着年迈的他，一个人安静地对抗身体内部各个器官的反叛，与庞大的、四面八方潮涌而来的阻力相互角逐。

而这，令我终于不忍心再看了。我的目光四处逃逸，偶尔也背过身去假装四处张望。

T学长似乎察觉到我有些许尴尬，他面无表情却用激动的语气磕磕巴巴地说道："对了，我之前写给雅各泰的那封信，收到回复了！"他身体向右侧轻微转动，示意我去发现床头桌面上放着的一个信封。

我起身去取，信封压在阿波利奈尔的诗集之下。打开信封，里面是一张字迹潦乱的明信片，大抵九十余岁高龄的诗人雅各泰在书写时手也是颤抖着的。

　　文字内容大部分难以辨认，只隐约看清其中的一句话："感谢你的真挚热忱，在这个充满巨大的怀疑的年代。"

论孤独感

在边缘地带生活，甚至生存，时常会有种"被撕扯感"。所谓边缘地带，特指远离故土的地方，或者说是那些无法令你产生关于"家"的联想的地方。这里没有你熟悉的东西，虽然陌生的东西在变得越来越熟悉，可它们永远与你隔着几道透明的墙。你感到自己既出不来，又进不去；既回不去，又离不开。

对于那些辗转于不同城市的人来说，最难的是回答自己"我该回哪儿去"的质询。不管你有多不想面对这个问题，它总会在你疏于防备的时候入侵。比如你早晨拉开窗帘打开窗户，这个问题就同冷风一道，扑面而来，钻进你的体内，穿筋绕骨，搅动心肺。

但，你又能回到哪里去呢？

内收和外放的人，其根本差别在于，他们将自己置于孤绝处境中时，心中升起的愿望是"回去"还是"前进"。当然，现实的情况是，你既回不去，也难以向前。正所谓举步维艰。就像你在水下扑腾手脚，终于抓住一根绳索，绳索的另一端却有人把它剪断了。

年少不经事时，谁都有超凡脱俗的本领，因为不懂人情，不谙世事，反倒能把一些问题看得清晰、通透，且毫不留情。然而年纪渐长，人终究会沉入尘土烟火中间。孤独感是那超脱的本领突然从烟尘之下浮现上来的瞬间。这个瞬间，让你嗅到一丝危险，你就把它当作偶尔反刍的年少轻狂，给它摁灭下去。倘若这个瞬间照亮了你旷野上孑然一人的身影，你还能在尘土烟火里安然藏身吗？

　　又下了一整天雨的巴黎，让我想起去年这个时候，还住在南法靠近瑞士的山里。空气是一样的清冷，只是现在抬头望向窗外，已经不见雪山和深林。从前被困在城市里，一直念着要去山里住，后来去山里住了，反倒怕了。向往远离城市，这是一个解释循环。因为只有身处城市，你的向往才得以成立、生效。而当你远离了城市，你的向往也被取消。在这件事上，我是个仓皇狼狈的失败者。口口声声地说向往自然，等到真正置身于纯粹的自然当中，我早就无所谓向不向往了，此时更令我应接不暇的，是其他随之而来的考验。比如失去人群的庇护和隔绝熟悉的舒适圈，又比如不得不直面自己的孤立无援，以及由此引发的种种不安。

　　焦虑感其实并不来自现代都市生活。焦虑感是生存永恒的伴奏，它是与你相生相伴的影子。城市的快节奏和纷繁人际是一种障眼法，蒙蔽了你感受绝对的焦虑的通道。在纯粹的自然中升起的孤独感并不可怕，或者说令我害怕的不是这份孤独感，而是我看见了自身无法消解的"存在的焦虑"。因为此时，焦虑不再被包装，不再被遮掩，不再被美化，它就赤裸裸地站

▲ 圣米歇尔山附
近的滩涂

在我面前。

　　说句题外话，从向往自然到最终惧怕自然，我明白了一件事：我们喜欢看的风景，并不一定是适合我们栖身其中的地方，我们始终居于它的"不远不近"之处，因为欣赏是一种"趋近"与"远离"并存的活动。太近，被灼伤；太远，又过于寒凉。

　　我们所热爱的东西，一定程度上揭示了我们的内在本质，但谁又会愿意天天看着自己的本质生活呢？

　　前面说了许多琐碎的话，起因是不久前我的一位朋友，向我描述了她在异国独自生活学习的无助感。

她说每天早上出门如同上阵拼杀，打开家门，外面是危机四伏的天罗地网。在这个时局动荡的国度，恐怖事件仿佛笼罩天空的阴霾，她每时每刻都需要提心吊胆地保护好自己。她已经逐渐习惯活在细碎的恐惧感中，身上的盔甲和她的皮肤融为一体。她说生活中最畅快的事情，是把自己关在十几平方米的出租屋里，虚耗掉一整天，彻底不接触外界，用电脑高声播放国产电视剧或者国内综艺节目的声音。并没有在听那些声音到底说了什么，只是把它们当作背景音效，机械式地循环播放，营造自己被熟悉的语言所环绕的假象。

唯一支撑她挨过每一天的，是与国内的亲人朋友在微信上寥寥数语的问候闲谈。可是每到傍晚，白天陪她说着话的亲人和朋友都陆续睡去，只有她还醒着的时候，她便感到自己好像并不存在于这个世界上，或者至少，苟且存在于她并不认同的另一个世界中。所以每天傍晚之后她就变身为"幽灵"，想象自己飞回到亲人朋友身旁，看着他们深夜熟睡中的面容，尽管对方全然不知她的在场。

我和她一样，这几年来对时差的换算烂熟于心。说到底，这不过是勉强给自己一个尚且与地球另一端保有一线联系的幻觉而已，勉强显得自己不是那么孤立于他们的生活之外罢了。但我深知时间是分隔世界的尺规，使用不同时间坐标生活的人，被自然地划分到不同的世界里。我们辨不清究竟是自己脱离了常轨，还是我们记挂的人退出了自己的世界。

想起几年前读到的一位诗人写的句子："时光是一组不知谁人之齿叩出的寒战，为这宇宙之广漠而终有孤胆。"这个断章取义的句子，如今我似乎也可以读懂了。

终究我们经历过的所有旅程并无另一个他者可与之分享，也到了该承认羁旅孤独的时候了。我们眼前的世界荒草丛生，但仍须向荒原深处继续跋涉。纵使恐惧的心灵已习惯与恐惧共生，前行的步履到底是不会停的。不知道自己会走多远，也不知是否该放下牵挂加快步伐，不知是否还要再等，等是否有同行之人会追上自己的步伐。

露从今夜白

中秋节前的某个晚上，我听到室友在房间里哭着说话。早些时候，大约当天傍晚，她对我说："我想妈妈了。"泪眼盈盈的可怜模样。我倒是有些无措，不知道如何安慰，也不愿面对浓稠的感情，只好装作木讷聋哑，迅速去忙别的事情。她从我这里得不到排遣，半夜里掐算着时间等国内的亲人起床，就打了视频电话过去。我还是装作什么也没听见，打开手机上催眠的歌单，设置三十分钟定时播放，努力维持内心的湖面平静，没过多久便睡着了。第二天一大早，她问我昨晚是否被她说话的声音影响睡眠，我果断否认。其实是听见了的，只是害怕话题蔓延开去。

室友来到法国一年多，中间没有回过家。身边的留学生朋友，最甚者不过是一年一回，两年三年不回家的占大多数，也有一鼓作气憋到博士毕业再彻底回国的。与他们相比，我实在是羞愧难当，过去的时间里，我几乎每逢长假就逃回家，给人留下了"身在曹营心在汉"的印象。记得某次我从上海浦东机场起飞返回巴黎前，劝慰母亲说："就当我是去北京念书了，寒暑假都会回来的。"之后我也确实做到了，心理上反倒没有离家很远的感觉，想家的忧愁刚刚储蓄下来，还等不及尘封发酵，很快就呼啦啦被飞机翅膀翻搅，被高空气流冲散了。

在法国的第一年，我对待传统节日的态度依然同在国内时一样：不敏感，不参与，不期待。中秋那天，一位学长送我两枚蛋黄莲蓉月饼，我拿回来搁在书架顶层，再也没有碰过。一个人在宿舍里赶了整晚作业，睡前翻看几轮朋友圈里的天南海北，拉上窗帘把月亮关在窗外，这个节日就这么过去了。

从第二年开始，我充分体会到"拉帮结派"的好处。那几位时常与我一起自习、看展的朋友中，有个极爱大闸蟹的北方人，他听闻某家中国超市入秋后限量供应大闸蟹，遂把这个消息告知给我，边说还边兴奋地摇晃脑袋，提议一起吃螃蟹。争强好胜如我，身为土生土长的浙江人，就连对大闸蟹的热爱，我也要尽量表现得比他这个北方人更多几分。于是我邀请几位朋友中秋夜来我家里吃蟹，并夸下海口要向他们展示江浙人民最正宗的吃蟹门道。

结果我在挑蟹的环节就已经败下阵来，螃蟹在水桶里上下乱爬，就像一窝巨型蜘蛛在那儿不怀好意地颤抖，光是看着我就浑身竖起鸡皮疙瘩，更别提伸手去掏"蜘蛛窝"了。那位差点成为我的假想敌的北方同学，终于伸出援手，替我去掏了"蜘蛛窝"，而我只能缩在旁边进行场外指导。我们总共买了九只蟹，每人两三只，又买了一瓶镇江醋，一小块黄姜，几罐梅子酒。

回到家里放下食材，客人们都在餐桌前落座开始聊起闲天，我才发现家里并没有捆绑螃蟹的棉线，更没有可以用来蒸

▲ 我们的蒸笼和
没有束缚手脚
的大闸蟹

蟹的厨具。于是求助室友，向她借来一口炖汤用的铝锅，再把电饭锅里配套的塑料小蒸架放进炖锅里，盛上水，将螃蟹用流水迅速冲过几遍，连大螯上的毛都没刷干净，就直接丢进锅里。室友也没有可以用来束缚螃蟹手脚的棉线，我们只好在锅盖上压几层重物，锅盖顶部不平整，我生怕重物滑落，就用手扶着。

　　我在灶台边站了十几分钟，感受到与我相隔几层的大闸蟹，在我手底下一点一点消逝了生命。它们的力气着实强劲，一开始与锅盖做搏斗，细窄的脚尖屡次从锅盖边缘缝隙钻出来，又被我拿刀子捅进去，再后来其中一只爬到另一只背上，用大螯使劲往上顶起锅盖，我赶紧两只手一起摁住重物，踮起脚往下按压，两股力量竟然不相上下。

它们七手八脚四处捶打锅壁和锅盖，钝重的振动波传到我手里，只是振幅和频率渐次衰弱。那一刻我想到《老人与海》里的圣地亚哥和大马哈鱼，想到《白鲸记》里的亚哈船长和莫比迪克，而我的星辰大海与惊涛骇浪就在这灶台与炖锅之间。

室友借给我的这口炖锅尺寸不大，每次只能塞下两三只蟹。我与螃蟹的第一波搏斗毫无疑问以我的胜利告终，可惜我无心恋战，剩下的两波交给我的客人们去轮流应战，否则任凭我极尽描写刻画之能事，他们都无法对我刚才的战况感同身受。最后，我们怀抱着敬畏之心吃光了所有的螃蟹，要感谢世界上第一批敢吃蟹的人，也要感谢隔壁德国的大闸蟹泛滥成灾。

留法第三年的中秋节，吃蟹这项传统节目被我和室友保留下来，并在一定程度上推陈出新。因为出席此次蟹宴的人员中总共有三位浙江籍同胞，我们的菜单在往年的基础上增添了更多江南风味：梅干菜烧肉，酱烧茄子，榨菜鲜肉月饼。又因为过去的一年里，我们在艰苦学习之余，广泛开展实习兼职等各项创收实践，我们才能将更多财政盈余投入基础设施建设：购买一套超大三层竹编蒸笼和一口土陶砂锅。要知道诸如梅干菜、蒸笼、砂锅、榨菜鲜肉月饼之类，在法国可是稀罕物件，都是颇费精力和功夫才能取得的进口货。至少这个梅干菜，存量极其有限，如果不是恰逢节日或重要庆典，我和室友是万万舍不得拿出来的。另外，关于餐桌上真正的主角大闸蟹，我们

▲ 中秋家宴

斥巨资买了十一只之多，希望下一年可以再创佳绩。

我的母亲是很注重仪式感的人，她需要的仪式感被细分为每一天的日常，内化为无数隐形的家规。比如到了饭点我必须与父母共同进餐，即使手头有事也得停下，不得拖延；比如饭桌上不能使用手机，也不能边看电视边吃饭，"吃饭的时候要专心"，母亲常说；又比如父母都放假在家的日子里，中饭和晚饭我至少有一顿必须在家吃。这里唯独罗列关于用餐的规矩，因为吃饭这件事在母亲心中是最能彰显家庭气氛的一项活动，这种氛围用她的话来说是一种"团圆感"。可我从前认为这种观念实在令人匪夷所思，一家人坐在一起吃饭确实能带来"团圆感"，但问题是，真的有必要那么频繁吗？这种频繁难道不会削减"团圆感"的情感浓度吗？

然而时至今日，当我终于独在异乡为异客，闲暇之余竟然也热衷于组织聚会了，频繁邀请我的以及室友的朋友来家里吃饭，常常需要消耗掉一整天时间来炖煮一道菜，或者提前一天夜里就准备好食材。但我们从来都乐在其中，好像我们索求的东西，不过就是那如梦似幻的"团圆感"罢了。说来好笑，现在与家人无法团圆了，"团圆"才终于成其为"团圆"，我们学着长辈样子模拟出来的宴饮娱乐，反倒成为我们平庸生活里最明媚的"吉光片羽"。所以很多事情的存在性，需要靠它的对立面来证明。就像印章上的刻字和胶卷负片，需要用凹陷和反色来衬托内容；就像物体的颜色并非它的本来面目，而只是它所抗拒吸收的一束反光。

中秋节前一天的下午，也是某个星期二的课后时光，我与一位在索邦大学做道家哲学方向博士论文的法国朋友漫步于杜乐丽花园落满黄叶的林荫小路，我手舞足蹈地向他介绍当晚关于蟹宴的节目安排。他突然打断我，问道："中秋是你们崇拜月亮的节日，以我对你们文化的了解，我是否可以断言月亮是你们民族的图腾？"我想了想，没有反驳。一直以来，我都妄自以破除西方世界对东方文化的刻板印象为己任，凡是我的法国朋友对中国某种习俗或传统思想做出武断的言论，我定要搜肠刮肚举出个反例不可，但这一次我却无话可说。因为打心底里，我对月亮也有很深的感情，这份感情与我个人的生命经

▼ 杜乐丽花园旁边的林荫道

验无关，全然是我所认同的这种文化对我进行熏染的结果。

　　硕士论文的小组里有一位华裔同学，他打小就在法国成长，却出奇地崇拜一些中国古代神话人物和民间传说中的神灵。中秋节当晚，他在微信上给我转发了一条消息，说是今年月老太忙了，只有和合二仙替他代为掌管姻缘，我们在看得见月亮的地方，虔诚叩拜三次，说出内心所求，必然灵验。然而那天我下课时已经临近夜里八点，天全黑了。我站在索邦广场中央的喷水池边，往天际扫视一周，没有发现月亮。可是回家的路上我忽然在红绿灯前遇见了一位多年没有联络过的旧友，而我那位信奉神仙的华裔同学为了拜见月亮，从学校一路走到先贤祠广场，好在，我们最后都见到了各自的月光。

与马儿共生的人

　　"我是做摄影的。"大多数时候，这句话我都羞于说出口，因为很清楚自己不够资格，总觉得它有些大言不惭。但是在系里上课，每次站到众人面前做报告、做展示，标准格式必须是首先汇报自己使用的创作媒介和主要关注的内容方向，我不得不挑一个稍微熟悉的领域，然后装作胸有成竹的模样说出来，心里却始终害怕有人拆穿我这个半路出家的艺术生身份。有一次创作实践课的老师问我本科就读于哪所美院，我迟疑了几秒。周围的同学冷眼看我，我知道他们都是科班出身、功底扎实，早已有多年从事绘画、雕塑、装置、摄影或行为表演的经历，还有几位是法国艺术家协会注册在籍的艺术家。

　　我躲开老师凌厉的眼睛，怯怯地回答："我没有念过美院，在此之前我学的是文学。"我的老师瞪圆了眼惊呼道："你竟然放弃文学？！为了艺术放弃文学？！你们文人怎么会看得起我们这种小打小闹的东西！"然后就像一大串玻璃珠子砸落在地，讲台底下溅出一片哄笑声，我又着急又羞愧，涨红了脸，感觉自己是船搁浅的海员误闯了猛兽出没的食人部落。

我所在的学院是巴黎一所公立综合大学的艺术系，不同于美院或其他专科学校，这里更重视理论对创作的指导和归纳作用，每个学期学生要完成至少六件作品，并为每件作品撰写至少一篇阐释性论文，相较之下我的长处更偏向后者。学院的老师可粗略分为两派，毫无疑问是按理论和实践来作区分，他们中有的是研究型学者，有的则是外聘的知名艺术家。前面嘲讽我的那位老师，我们叫她玛丽昂，是位名副其实的创作者。

　　她身材瘦小，留着发梢向内翻卷的及肩短发，说起话来神神叨叨。她经常锁眉凝视某处，或者直视与她交谈的对象，直到双目逐渐失焦，好像人还停留在原地，灵魂已经飞到很远的地方去了。她也喜欢穿一身黑的衣服，佩戴各种奇形怪状不知从哪间古玩店或者哪座南太平洋小岛的原住民手中搜罗来的饰物。她的那种优雅是颇具侵略性的，望之令人心生敬畏。但在我眼里，她更像一位藏身于都市的现代萨满，或是从原始森林里缓步走来的女巫师。

　　很多年前玛丽昂有件名噪一时的行为艺术作品，《愿马儿与我共生》（*Que le cheval vive en moi*），她让我第一次关注到生物艺术（Bio Art）这个国际上新兴的跨学科领域，也让我了解到艺术家应该如何与科学家实现合作共创。为了完成这件作品，玛丽昂提前数月在生物学家和专业医疗团队的监护下向自己体内多次输送微量的马免疫球蛋白，以至于身体并未产生过敏反应；到了表演作品当天，她穿上特制的马蹄高跷，牵着她的马儿在美术馆内绕场散步。某个时刻，她感到自己与马儿同频，仿佛获得了其他生物观看和体验这个世界的视角。当我们问她:"那是一种什么样的视角?"她故作神秘地答道:"感官变得更加敏锐,精神变得高度紧张。"我们都对此半信半疑,围绕作品的讨论也逐渐演变成另一种"濠梁之辩"。

但我相信这匹马儿后来一直住在她的身体里,至少在与她相处的那段时间,我有时能看见她显露出一种跳脱于任何规则之外的自由性格,当然这可能是她原本就具备的品性,但我更愿意把它视作马儿的功劳,因为这样的想象更符合她的创作理念。玛丽昂不喜欢把我们和她自己关在校园里,一学期总共十二课时,其中有五堂课我们都在巴黎穿街走巷,像小孩子春游似的拉着长队,参观各种美术馆、画廊、艺术机构当前最新开幕的展览。她坚信最好的艺术教育发生在艺术空间内,并且对作品的理解会在与他人的交谈和辩论中明晰起来。她确实热爱交谈,思维跳跃,语速极快。好几次下课之后,同我很要好的法国同学塞巴斯蒂安,都会愁眉苦脸地凑到我身边说:"你听懂她刚才说了什么吗?"我便也一脸苦笑地看着他说:"我可是外国人,我怎么可能比你更听得懂?!"塞巴斯蒂安立刻摇摇头转过身去,一边又打趣说道:"我就是想告诉你,你没听懂别来问我,反正我肯定也不知道!"

记得很多年前上戏剧表演课,老师教过我如何在已经没有任何实质内容可表达的情况下继续保持源源不断地说话。他认为言语的本质是情绪流,说话其实是让某种情绪流淌,话未说尽是因为情绪尚未倾泻殆尽,话说尽了才是意兴阑珊。每当我凝视玛丽昂上了发条的嘴唇渐渐出神,就想起表演课老师教给我的那套说话方法论。然后安慰自己暂时听不懂她说的内容也没关系，至少还可以欣赏她的面部神态、肢体动作和语音语调，从而揣测她没说出来的那部分情绪。

开学第一堂课她就开门见山宣布："我不需要你们写那么多冗长的论文，请丢掉你们对那些美学概念、哲学术语自以为是的模糊认识，一个创作者除了做作品，首先要学会如何在公众面前把它讲述出来。"我的导师贝纳尔·吉勒东（Bernard Guelton）先生对这种观点颇有微词，虽然玛丽昂说的没错，但吉勒东先生更主张把学生培养成既能创作又能给自己的作品做阐释的复合型人才。他们俩可以说是彼此对立的两个极端了，玛丽昂有艺术家的洒脱与偏执，贝纳尔有学者的谦谨与傲慢。

随后玛丽昂详细讲解了本学期的课程设置和评分标准，又要求我们轮流介绍自己并展示一件以往创作过的作品。正巧那天上课前我顺路经过朋友家，取回几件半年前挂在一家画廊里展售的摄影作品，也算是当时我能拿得出手的为数不多的代表作了。那组摄影作品拍的是我生活过的城市，这些城市面目单一，由无数窗格堆叠而成，乍看有种森严而规整的美感。其中销售记录最好的一张照片拍摄于陆家嘴国金中心的天台，画面前后景铺满了高层建筑极具几何感的外立面，如同几十张蒙德里安的结构画全都去掉颜色再叠加起来。那家画廊的主人说："如果不告诉我这是上海，我会以为是在曼哈顿、东京或者其他什么地方。"我说："看不出在哪里才好，说明我们的共识与具体的国别无关。"

我自报家门之后，又着急又羞愧地杵在原地，玛丽昂问

▶ 在巴黎高等师
范学院的教室
里上课

我："那么你从事哪方面的创作呢？"我不假思索地说：
"我是做摄影的。"可能是想给自己赚回一点面子。于
是我向大家展示那几张有过参展经历的照片，又把之
前申请学校时做的作品集从电脑投屏到白墙上。那张
蒙德里安式的几何构图引起了小范围议论，有人和我
的画廊主朋友说了同样的话，也有人提到德国摄影师
迈克尔·沃尔夫（Michael Wolf）在香港拍的几个系
列，这些都让我心里悄悄得意起来。

　　玛丽昂看完所有图像后露出那副"锁眉凝视某处
直到双目失焦"的神情，同学们的议论正要平息下去，

她忽然眼睛活泛起来，转过头直视我说："我能理解你追求某种东方式的极致，但对我来说这些图像装饰性过强，我在里面看不到你本人的在场，今天的摄影重要的不是画面的审美价值，而是它背后隐藏的行动价值。"她这些话我丝毫没有听懂，但在我身上确实产生了当头棒喝的效果。

我在困顿不前的状态里挣扎了半个学期，中间没有完成过一个系列，甚至不知道该拍什么。从五六岁起我接触相机跟随父亲学习摄影，自己瞎拍了十多年逐渐轻车熟路。可玛丽昂的一句话把我瞬间打回原形，就像患上了失语症、失忆症，我忽然就不会拍了。玛丽昂似乎看出了我的忧疑，某天下课后对我说："你应该试着从零开始，推翻你之前已经拥有的观看世界的

◀ 玛丽昂带我们去看的某个展览

方式，寻找一个新的。"

这个"观看世界的方式"，她的用词是"regard"，直译为眼光、目光，大约也有点"视角"的意思。

我所拥有的regard，无非是相机取景器内的一方暗格，巴黎这座城市能够被拍摄的对象早已被无数前辈拍尽了，任意一条街巷、一道高墙、一丛矮树，上面都飘浮着布列松、布拉塞、柯特兹或是其他什么人的幻影，我又如何让它们在我的镜头里变身另一番模样呢？

这个问题我到现在 ——到敲下眼前这行字的此时此刻——都没有得到答案，唯独想起玛丽昂某次带领我们观看展览时说过的一句话："我们存在于世的形态是由种种局限造成的，这些局限框定了我们所能达到的边界，越过边界需要的是一点点，在自己身上做个小实验的勇气。"

穿过你的镜头的我的眼睛

　　艺术博览会正式面向公众开放的前一天，是藏家预展和开幕酒会。直到夜里过了九点，我才终于找到空当吃当天第一顿饭。展会从预展日算起总共持续六天，周二到周日，而我从上一个周日开始工作：采买物资，接待来自国内的画廊主，以及协助布展。这是我第二次参与这项展会，跟前一次相同，我做的依然是翻译和作品销售的工作。艺术博览会说到底，就是个大型摆摊现场，售卖的虽然是艺术品，可在这里没有人谈论艺术，谈论的只有行情、市场、人脉、藏家的显赫身世以及名利场的漫天八卦。

　　会场位于凯旋门附近的奥什大街上。主办方租用三幢紧邻的公寓楼，将其一至三层的内部空间全部打通，改建成宽敞明亮的展览区域。依循公寓原本的房间构造，自然分割出格局各异的展位，它们被分配给来自世界各地的画廊和艺术机构进行不同规模的布置。建筑主体是典型的奥斯曼式老公寓，外立面有精致的石刻浮雕和青萝藤蔓缠绕的镂空铁艺阳台。三幢老楼呈半包围结构站立，底层中央是铺满方砖的庭院，用作参展人员和受邀来宾聚众攀谈、吸烟、吃点心、喝香槟的社交区域。

▲ 艺博会预展日的夜晚

我的工作区域在其中一幢楼的第三层。我坐在窗口囫囵咽下几只已经放凉的粤式虾饺，向下俯瞰中庭里乌泱泱密集的人们——像成群结队的麻雀簇拥在散落碎屑残渣的沙地上左蹦右跳、四处啄食、点头摆尾、叽喳议论。正对面的那幢楼里，每个房间皆是灯火通明、人影幢幢的景象，我仔细注视每一扇窗：有人揣着手臂站在画前，时不时凑近布面某个局部并频频点头；有人倚靠细长阳台的雕花栏杆，与身旁的人磨肩耳语；有人手持高脚杯去探寻另一只酒杯的边缘，玻璃器皿碰撞的脆响只在想象中发生；有人翻起西装上衣的前襟掏出白色卡片，有人往朱赤的双唇间塞入一枚碧绿的马卡龙。整面外墙，活脱脱一出现代话剧的垂直舞台，每扇窗后的故事独立发生，互不干扰又共同汇入整体，要论戏剧张力，丝毫不逊于希区柯克的《后窗》。

　　我身后的展厅内也在上演同等戏码，对面阳台独自凭栏抽烟的人看我大概就和我看他一样，不过每次我预感到他的目光将要落在我身上，我就把视线移开或者稍稍挪到窗格背后去。不擅长也不喜欢与数量庞大的群体进行交际，像一枚石子落入溪河，卡在狭窄急促的拐角，迎面撞击呼啸拥挤的水流，抵挡不过就会被吞没，然后再被抛诸脑后。我的视线在每副面孔上短暂停留，迅速掠过向我投射的一对对眼睛，我的眼里没有猜测和质询，也没有屈折与宛转。在人群中，我习惯低头。脸与脸的照应需要极大勇气，一个人的历史全部刻在他的脸上，肌肤的纹路如同树木年轮，一排排刻下时间的划痕，你的眼眸有多深邃，你的故事就有多少重悲喜。假如我不与你面对面，你的脸对我来说就不是脸，就不需要动用词语将其辨认，就不会有打开对话的可能。然而眼下我不得不应对每张脸，这令我感到紧张。我只好想象那些攒动的面孔是一粒粒浓缩的像素点，组成庞大色块，汇入黑色洋流。

布展日和预展日的下班时间往往接近午夜，我和同事结伴打车回家。从凯旋门到蒙巴纳斯大楼附近，我倚靠在后座车窗边沿，斜穿过半个巴黎。巴黎下着雨，梧桐树枝干筛漏的暖橘色灯光淅淅沥沥，一帧帧划过我的脸，一时间感觉好像身在多年前的上海，某个加班到凌晨后的回家路上，高架底下一丛丛霓虹彩灯泛滥，百货商场外墙溢出星光，远远望见街道上游荡着一些人影，我庆幸我看不清他们的脸。我想起庞德的句子："人群中这些面孔幽灵般显现，湿漉漉的黑色枝条上的许多花瓣。"

我用来对抗他人的眼睛的方式，是举起相机，两枚双面凸起的透镜可以治愈我的紧张和局促。幸好我的老板向我发出拍摄展览现场花絮照片的指令，我终于被获准装备自己的武器。簇拥在楼下中庭的窸窸窣窣的麻雀们被我拍下来，堆叠在展厅画作前的黑色像素被我拍下来，相机给了我一个成为旁观者的不容置疑的理由。站在这个宽敞空阔的白色挑高房间里，我是独尊的君主，我有绝对的自由打量每个人，排布每个人，判决每个人，或者说这时候人不是人，只是客观存在的实体而已，也就没什么可怕的了。

在相机的庇护下我肆无忌惮地扫视全场，寻找可被拍摄的对象。就在这时，我瞥见穿过走廊的对面另一间展厅，门框

◀ 艺博会期间一瞥

旁边站着另一位手持相机的人。他看见我了，我也看见了他。他注视我片刻，然后举起相机，镜头直指向我。我愣在原地，眼睛直看到漆黑幽深的镜头里去，镜头在他的手中旋转、调焦、聚合，我的视线也随之旋转、调焦、聚合。突然，我仿佛被一道电流从昏迷中击醒，迅速意识到接下来会发生什么，于是我赶忙抬起手臂，也把相机挡到眼前，来不及对焦，用力按下快门。"咔嚓——"。

我松了一口气。我用武器挡住自己，保护自己。我感到莫大的欣喜，我是我自己的解救者。就像在即将崩塌的密道里奋力奔跑，岩石一块块滚落下来，身后的路一寸寸消失，泥土混合着腐臭空气追上来掩盖我，而我终于抵达通道口，紧紧关上厚重石门，门背后传来沉闷轰响，门这边则是一间温暖舒适的书房。这间书房铺着一块编织地毯，桌上点着一盏昏暗台灯，书脊缝隙里飘散出主人熏过的香料味道。我闭上眼走到书房中央，身体逐渐恢复温热，没有任何时刻比现在更让我感到放心，好像旅途颠簸之后终于找到一处可以蜷缩的凹陷角落。这个场景令我感到万分熟悉：两个人隔着一段黑暗隧道互相凝望，距离遥远却仿佛面对面交谈。

　　我终于记起来那个场景，发生在四年前八月末的一个清晨，地点是甘南州郎木寺镇一家藏族民宿的大门外。七八月份是藏区的雨季，每天出门前我总要思虑左右，反复检查背包是否装备齐全。除了简单的充饥食品、相机、胶卷、镜头、笔、记事本，还有替换的贴身衣物和雨具，以应对赶回旅店之前骤降的暴雨。要是山路坍坏，便不得不在别处另寻旅店过夜。不过好在遇见的几场大雨都还算温柔，给我带来一些寒凉，并没有带来窘困。在路上最大的障碍是身上的负重，我会携带至少两台相机，胶片的和数码的，一台放在背包里，一台挂在脖子上。往往没走几步路就得找个树墩或者石板坐下休息，小心卸下背包使它平稳落地，确认相机和镜头在持续摇晃和摩擦后依然无恙，才如释重负地开始喝水、吃零食和刷手机。这样的时刻我总是忍不住嘲笑自己：越是自己热爱的事物，反而越是成了我行路的负担。但好在这些负担都是我心甘情愿承受的，因此再沉重也没有丝毫怨言。

那天我正预备离开郎木寺镇，退房后还想再看一看当地的清晨。大约五点钟醒来，打点好行李，并把它安放到旅舍前台。身上只披了件防雨外套，手握相机，在班车到来之前我打算出门散个步。那时晨光微亮，院子里空无一人。门前的山，一半蒙在云雾里。云雾缠绕山峦，四肢向周围伸展开去，用肉眼极难察觉的速度，铺满整片头顶。我的眼睛追随云雾漫延的方向，从头顶开始朝正前方下降，我注意到院门前一栋藏式建筑的屋顶，按照制式来说，它似乎是一间经堂。深红色墙体边沿码上一圈白色方砖，顶部竖立着三座"卧鹿听法"雕像。两只金色小鹿扬起脖颈，向中间的法轮高声鸣啸。贴金塑像在湛青色晨幕下泛出铜黄色微光，显得庄重、静穆、平和。我站在院子中央端详许久，举起相机拍下这幅画面。

▼ 我在旅社大门外拍摄的那张照片

全机械的胶片相机无法在按下快门后即时显现成像效果，可我猜想这幅画面无论是颜色还是构图都将令我满意，于是我一边卷片一边踮脚跳跃起来，像跳锅庄舞的女孩原地旋转。忽然在转身的瞬间，我瞥见旅舍二楼有一间房内亮着灯，昏黄的灯光从完全敞开的窗口辐射出来。定睛一看，那扇窗前站着一位男子，端着一台全画幅单反相机，正用巨大的长焦镜头瞄准我。我全身静止愣在原地，紧紧盯住他的镜头，准备缴械投降。但在此之前，我的目光稍稍偏移了几寸，试图分辨镜头背后的那张脸。我听见小鸟清脆的叫声，天空就快要清朗起来，山峦从云雾里露出峻峭的五官，秃鹰低低掠过屋顶的法轮，藏家的叔叔踩着厚皮靴去厨房炉灶旁生火，藏家的阿姨把脸盆里的热水倒在门前地上。我凝视着那枚漆黑幽深的镜头。我对它微笑起来。我静静地对它笑着。我希望那镜头背后的人，在他狭长的取景框里看见了我的善意。

大雨在你身上粘满霓虹的鳞片
——巴黎的四个雨夜片段

一

雨滴摔落在冬天的正中央，用全身的重量扯掉几片梧桐树叶，和它们一起敲打残存白日温热的柏油地面。刚过夜里十二点，她才结束今天的工作，或者说，最近这段时间忙于应付的项目终于宣告收尾，在下一个项目接踵到来之前，她可以先喘口气。至少，明天早晨起来，她允许自己多花一个小时挑选一套好看的服装，化一个喜欢的妆容；再多花一个小时，改乘公交车慢悠悠晃去公司，并在上车前等待街角面包房新烤的羊角面包出炉。只是现在，她这么想着，正从写字楼的旋转门里跨出来，还没来得及把围巾裹好，就被大雨猝不及防糊了一脸水珠。她迅速转身往墙根去躲，但这面高大的玻璃幕墙顶上光秃秃的，没有一点遮盖物。

无处可躲，她用脑门抵住玻璃墙面，围巾拉长一角盖过头顶，肩背轻微弓成弧形，营造出一个小型干燥地带。她从兜里掏出手机，顺便在尚未打湿的衣襟上蹭掉手指间的雨水。她决定叫个车：从办公楼到地铁快线入口的路上会经过一片巨大的商业广场，她害怕被雨浇透，也害怕已经熄了灯的广场，害怕偶尔臭气熏天的地下通道，以及这个时间点只剩下醉汉和小混混的站台。

她往上车的路口缓慢挪动，这样就会显得正在刮着的大风不那么凛冽。她将双臂使劲交叉，紧扣在胸前。她喜欢这个动作，身体感受很像用力拥抱，躯干的团缩带来一种扎实安全的错觉，多少可以抵御一阵冷风冷雨。此刻她满脑子只有一个念头：赶快回到家里打开暖气，把橱柜里最后一包辛拉面煮了，放一枚鸡蛋两片火腿，坐在地毯上边吃边看之前落下的国产综艺。

二

大雨把许多人封锁在路边的咖啡馆里，密密麻麻的脑袋围聚在橘红色室外暖灯底下。半透明的液态树脂从不可见的高处注入城市每道缝隙，现下还有少量人和车正在搅动这个湿漉漉黏糊糊的空间；再过一会儿，整座城市凝固在乳白色的立方体底部（也有可能是圆柱体或者是多边形柱体），等到脱模成型，就可以把这件巨型雕塑送给瑞秋·怀特里德（Rachel Whiteread）。

她和其他人一样被大雨困住了，即使随身带了伞，也不愿勉强继续行路，反正是周末的晚上，反正她的计划总是可以被随时随地打乱。"任何情况下都不能因为急切和多虑而露出窘迫狭隘之态。"她这么告诫自己。雨是在她正要斜穿过蓬皮杜广场的时候骤然放大的，她钻进广场南侧的"美丽堡咖啡

馆"（Café Beaubourg，翻译成"美丽堡"莫名可爱）。

　　店门口雨篷底下的室外座位已经满员，但她只想坐在外头，于是随意走到一位落单的食客身旁，拉开他对面的藤椅询问道："打扰了先生，我可以加入您吗？"对方伸手示意她落座，轻轻微笑点头，用深沉又戏谑的声音回答："当然可以，两个人肯定比一个人更好不是吗？"

　　同往常一样，她要了一杯产自罗纳河谷南部的葡萄酒，不是出于对口感和品质的特殊要求，仅仅是因为曾经在罗纳河畔的一座老城长住过，对这个产区感到亲切，她偏爱这片土壤温厚、沉和的香气以及平衡、利落的气象。

他端详她的脸。质询总是从身份确认开始。

"你不是法国人吧？你从哪里来？"他问。

"中国。"

"我朋友说我对中国无所不知。"

"这么巧，我对法国也无所不知。"

"好，那我考考你。请告诉我一样南法的特产。"

"特罗佩小蛋糕。"

"不是吧，这不可能，很多巴黎人都不知道这个。"

"有段时间我每天都吃一小块，它里面有很多奶油……"

"是的，我知道，我就是从南部来的。"

"嗯，还有教皇新堡产区的葡萄酒，可惜这家店里没有。"

"第二个问题。是谁发现了加拿大？小提示，是个法国人哦。"

"雅克·卡蒂埃。"她想都没想，几乎是脱口而出。

"这！不！可！能！"

"其实这是我上个月的研究课题，文艺复兴时期的地理大发现。"

"好吧，我承认你确实厉害，接下来最后一个问题，请假装不知道好吗？"

"我试试看。"

"圣·马洛在哪里？"

"……很抱歉，这个我可没办法假装不知道，因为我前几天刚刚预订了两周后去往圣·马洛的火车票。"

三

不知道你是否有过这种体验：站在水岸边，当视野里没有陆地只有摇晃的水波时，你的大脑产生眩晕感，心中升起跳下去的念头；有时站在高处也会这样，越是万丈深渊，越想纵身跃落。法语里有一个表达，"L'appel du vide"，直译为"虚空的召唤"，专指在日常生活中突然出现的想要做出一些毁灭行为的冲动。这令人匪夷所思的现象，哲学家用"存在的焦虑"去阐释它，心理学家用"死本能"去分析它。

然而当她站在塞纳河的游船码头边，双眼紧紧盯住水面，双腿忍不住微微颤抖的时候，她想到的不是以上任何一件事，因为她不懂法语，更没碰过什么哲学心理学，没念过几年书，也没想好接下来到底该靠什么生存。

这是她成功入境法国后的第一个夜晚，她所有的积蓄现在都带在身上，出国前她把这些年辗转各处打工、做买卖攒的钱全部兑换成了欧元。她在西班牙的某位大哥拍着胸脯对她说出来能挣大钱，过高级的日子，她大约只思考了几分钟，立刻撇掉手头所有的活计，在网上买了个"代办签证加钱保过拒签退全款"的服务。

选择第一站先落地巴黎的原因是，在她的朋友圈里躺着好些个崇尚金钱、追求奢侈、执着于变美并经常假装在巴黎的小姐妹们，她要让她们通通嫉妒自己，要她们气愤于她"更胜一筹"的同时强忍怒气或者骂骂咧咧地给她点赞。所以截至目前，她的全部计划是在未来几天内，不遗余力地花钱、拍照、发朋友圈，直到最后剩下的一点钱足够买一张去往西班牙的火车票为止。

可是今天忽然就站在了巴黎面前，她有些茫然无措，不知道该从哪里开始她的探险。

流动的深水使她心怀畏惧，她感到困顿和恍惚，意识停滞并不断下沉。好在水面猛地砸下一阵散碎的雨点子，把她空荡荡的思绪也给砸散了。她回过神来，才发现塞纳河两岸已经亮起层层叠叠的灯光，映照出那些她叫不上名字却只觉得怪异好笑的中世纪建筑。

▶ 在塞纳河的游船上

她决定坐一趟游船，在河道里绕一个大圈，这样还可以消磨掉无所事事的两三个小时。

于是她清了清嗓子，往河里啐了口唾沫，掉转头蹦跳着跑向岸边的游船售票亭。

四

公交车还有二十分钟才到，他们躲在车站正后方一间商店门前的屋檐下避雨，商店已经关门，橱窗里的霓虹灯管有节奏地跳动。她侧身倚靠墙壁，因为头戴一顶硕大的藏青色渔夫帽，帽檐被她拉低至整张脸上只看得见嘴唇和下巴。所以她察觉不到他疲惫、惘

▼ 街边的霓虹灯

怅，又局促、慌张的神色，视线所及是他低垂的双臂被雨水打湿，裸露的皮肤表层粘满晶莹鳞片，折射出身后斑驳的灯光。

"我有种很奇怪的感觉，"他先开口说话，"虽然这么多年的同学了，但好像今天我才认识你。"

"是啊，"她附和地笑，左右张望路过的汽车，"毕竟以前除了社团活动，我跟你也没什么交集。"

"那个时候我特怂，你又是一副高冷的样子，我其实很想跟你说话，就是不敢……"

"明明那个时候是你比较高冷吧，整天戴着一副大耳机，一张生人勿近的臭脸，坐在角落里，我才是不敢跟你说话的那个。"

他爽朗地大笑，一种颇有年龄感与分寸感的笑声，这种笑声以前她从来没有在他身上听到过。

"看来中间这四五年你改变不少，不过我也是。"他说。

"竟然已经过了四年吗？"停顿半晌，她接着说，"也对，你比我早毕业两年。"

她低头继续演算间隔的时间差，并且诧异于眼前这个多年不见的人为何并未让她产生陌生感。

在喝了一小杯莫吉托并滔滔不绝说了一晚上的话之后，她的大脑稍稍有些消极怠工。

他沉默不语。

不远处的圣·奥诺雷大街上，有间酒吧里传出现场演奏的爵士乐，一架钢琴和一把大提琴，就可以很热闹、很繁盛、很具体。

"以后有什么打算吗？"还是他再次先开口，"在巴黎还是在上海？"

"没想好啊，不过这也不是我能选的……"她仰起脑袋看他，"你呢？"

"还是会留在洛杉矶。或者可能去纽约吧。"

她点点头，没有再说什么。

"我们会在上海再见面吗？"他又追问道。

"当然，"她补充，"一定会的。"

"那……"他欲言又止，"谢谢你今天带我逛巴黎……"

"是我应该谢谢你，还记得联络我。"

……

"我明天下午的飞机走。"他说。

"嗯，下午好，早上收拾整理什么的，可以慢慢来……"她习惯性地向下拽了拽帽子，脑袋垂得更低了。

在被帽檐框定的视域内，她瞥见他的双脚朝她转过来，并一步一步向她靠近。他凑近她的耳边，压低嗓音，平稳且坚定地说："我可以吻你吗？"

她顿时愣住了，保持静止的状态大约有七八秒钟，随后她缓缓抬头，向后提了提帽子，她想要确认。她望向他的眼睛，在那双眼睛里看到了温柔、沉着和悲伤。

他举起手盖在她的头顶，把她的帽子按压下去，帽子重新严严实实地遮住她半张脸，只露出嘴唇和下巴。"这样是不是让你觉得更安全？"他低声问道。

等不及她有所回应，他就吻了下去。是轻浅的，礼貌的吻，没有停留太久。圣·奥诺雷大街上的爵士乐声停止了，只剩下窸窸窣窣的雨滴，以及车轮碾过沥青的声音。

"告诉你一个秘密，"他看着她的下半张脸，"其实很多年前我喜欢你，可是那时候我快要走了，才没有说出来。"

"为什么现在告诉我?"

"今天晚上我爱上这座城市了，不知道因为她是巴黎，还是因为你。"

"谢谢你呀。"

"谢我什么?"

"谢谢你很多年前喜欢我，也谢谢你今天晚上喜欢我，"她扶正她的帽子，"我的车来了，我先走了。"

他抓住她的手:"要不要再等下一趟车?"

"不了，"她抽出她的手，"到现在为止一切都很美好，就到这里吧。"说完她快步踏上公交车，没有回头看他。

她挑了个让他看不到自己的位置坐下，有别的乘客给她做遮挡。她也没有看车窗外浸泡在雨水里的街景，只是掏出手机开始逐条阅读耽误了大半天堆积如山的讯息。

我驰过了雪，你是否听到

第一次在法国过圣诞，此刻是2017年的末尾。往年每到节前我总是着急忙慌地收拾行李，放假当天，下了课背上书包就直奔戴高乐机场，飞回国去找爸妈。手头的事，搁得下的、搁不下的通通撂在一边，粗暴切断牵缠着我的所有线，大刀阔斧地抽身而退。看似以不计后果的姿态去做一些事，其实是因为心里清楚得很，那些我以为至关重要的东西，掰开了揉碎了再去看它，好像也没那么重要，也是说不要就可以不要的。

今年的圣诞假期不回国，我这才第一次注意到原来巴黎的"年味"这样浓。家附近的圣诞集市铺了整整三个街区，刚出地铁口，热红酒里头的肉桂香气立马扑我一脸，走回家的路上，隔三五步就有叫卖冬青和圣诞红的小贩。

招架不住楼下花店小哥的热情招呼，我走进店里挑了一束绿桔梗，小哥附赠我两支卷着粉边的白玫瑰，作为半年来我时常光顾生意的年终回馈。小哥名叫阿曼，他的哥哥、爸爸和舅舅都在店里帮忙，我问阿曼："你们这个平安夜会怎么过呀？"他用仅有的一点中文词汇储备回答我："回家，吃饭。"阿曼的舅舅凑过来，眯起他滚圆的大眼睛，用不标准的法语对我说：

► 全巴黎最有节
日氛围的老佛
爷商场

"女人们在家做饭，男人赚钱到最后一刻。"我扶着柜
台笑得前仰后合，继续打趣道："你们还是快回家吧，
好男人都是给女人打下手的。"

几个回合的插科打诨之后，我的花包扎好了，阿
曼的爸爸把花束双手捧到我手上，我接过花转身要走，
阿曼问我："你会怎么度过今天晚上呢？"我用中文说

道:"回家,吃饭。"他说:"和你的家人一起?""不,我在这里没有家人……"我说,"所以我真羡慕你呀!"他露出遗憾的神情说:"不管怎么样,希望你今晚过得愉快!""你也是!节日快乐!"我调动所有五官和肢体动作努力给他一个尽可能灿烂的笑容,并且展示手舞足蹈的欢喜模样。

节日的夜晚与过去无数个重复的夜晚没有多大区别,如果只是一个人待着的话,容易忘记时日,忘记某些仪式的周期,也忘记仪式本身。"千万不能一个人,尤其是在这样的日子,没有比这更令人丧气的事了。"在去往实习公司加班的网约车上,跟我一起拼车的黑人大叔把头扭向窗外喃喃自语道。几分钟前他才兴致勃勃地对我讲述跨年夜的计划:他将邀请十几个朋友来家中聚会,聚会的着装要求是必须穿白色,所以他在午休期间打车去玛黑区的一间印度传统服饰店,打算置办成套的白色长衫和白色围裤,他说他非常有信心,到时候肯定是全场最酷的那个人。"哇——"我和司机师傅同时发出惊叹,"听上去就很好玩!"

不过我最关心的还是他们的晚餐菜式,大叔说他请来一位过去在米其林餐厅担当主厨的好友来家里掌勺:"他一大早就买好菜啦,现在正在我的厨房里做些准备工作。"说完还抿着嘴朝我挑了挑眉毛。我继续追问菜单的具体内容,可惜大叔的朋友不愿向他透露更多细节,说要对所有人保密直到开锅上桌前的最后一刻。"每个人都在精心为他人制造小惊喜,这种感觉可真好啊。"我说。"这个事情啊,跟你们那些商业合作是一个道理,"司机师傅说道,"你首先得donnant-donnant (giving-

giving），然后才是 gagnant-gagnant (win-win)。""哈哈哈……是这个道理没错。但是我啊，从来没想过赢得什么，我的目的就是给予。"黑人大叔笑嘻嘻地搭腔。

"嗯……我是不是也该去找我的朋友做点什么呢……"我忍不住自言自语起来。"是啊！别一个人待着，"大叔立刻接过我的话茬，"相信我，那种滋味可不太好受……你不会想经历第二次的。"我笑他太夸张，只能认同前半句。"对了，"我说，"您知道今晚铁塔会有烟花表演之类的节目吗？""不管有没有，我劝您都别去。"也对，我差点都忘了，这还是一座时不时会被恐袭事件击打的城市。

确实是很不擅长做年终总结之类的事情。加班结束后我乘坐地铁回家，中途临时起意在新桥站下来，正巧巴黎在连续数日的风雨中间碰上一个平静敞亮的傍晚。我在正对西岱岛的桥头挑了一处长椅坐下，尝试着仔细回想这一年里的桩桩件件，结果还是被过路的鸽群、水鸭和嬉皮笑脸的小孩搅乱了线索，目光也被拖走了，从口袋里掏出相机来一阵猛拍。不知道自己会拍到什么样的画面，在打下这行文字的此刻，我的胶卷还没有从相机里取出来送去冲洗。

忽然意识到胶片的构造真是神奇，很像长卷轴的绘画，很像时间的尺规，两侧间隔有序的细密小孔，卡进卷片的齿轮里，每拉动一次过片手柄，就叩出一排时间的牙印。想起年初在罗丹美术馆看到的一件安塞尔姆·基弗（Anselm Kiefer）的装置作品，几十条完整的胶卷从高处悬坠而下，中间竖立着大块断裂的玻璃，地面铺满了尺寸更小一些的玻璃碎片。美得令

人惊心动魄，这是凝固的结晶的时间，流泻成瀑布，看着看着好像还能听见噼里啪啦的声响。它们大概就是杰克·凯鲁亚克所说的那些"forlorn rags"了。

塞纳河即景

后来跨年夜的零点我还是听到了噼里啪啦的声响，和室友一起冲到阳台上撑住栏杆向外张望，远远的高楼背后有一闪一闪的大片橘黄色的光幕。大致是凯旋门的方向，有烟花表演。我们在阳台上这样站了一会儿，楼下有两个穿着短袖短裤慢跑的中年男人，我俯身朝着逐渐靠近的其中一位高喊："新年快乐!"他"啊!"了一声，步伐乱了几拍，等他跑开去大约三十米远，他才好像终于反应过来了似的，举起手臂

▲ 雪山猎人的小
木屋

用力挥舞起来，朝我喊道："谢谢！新年快乐！"

　　那天夜里，我同室友喝热红酒，在升腾的水汽里
我想起一句诗：

　　　　　我驰过了雪，你是否听到，
　　　　　我骑着上帝去远方，近处，他唱，
　　　　　这是
　　　　　我们最后一次骑驰，越过
　　　　　人类的圈栏。

一种相处

　　硕士生涯的最后半年里，我曾患上一种除了不停弹琴什么事都做不进去的毛病。被我搁在一旁的事情倒也并非无关紧要，有些甚至紧急到了火烧眉毛的程度，我还是会一拖再拖，总想着，琴能多弹即使一分钟也是好的。小时候学琴最受不了练习的枯燥，重复的旋律和指法，不使人产生新的智力活动，于是愤然认定这种重复毫无意义。长大了才明白，这种重复的无意义就可以是意义本身。好比修行的人，打坐，捻珠，诵经，洒扫，将最简单最基础的肢体动作无限循环下去，直到心里、脑袋里干净得没有一丝杂念或情绪。

　　把自己倒空，多难的一件事啊，从前不懂，狼吞虎咽地，总想塞更多图像和语言到肚子里。读书、观影、旅行、朋友聚会……每一件都似乎比练琴更有"意义"，事物的重要性与它所携带的信息量和刺激点成正比。现在却恰恰相反，越是看着清寂单调的事物越是珍贵可爱，它们甚至带有某种仪式性的庄重感，仿佛隐秘的节日，无声的狂欢：比如彻夜的散步，比如弹琴练字，做手工活，还有在暗房里冲洗胶卷。对于一切能够放空心神停止思考的行为和活动，我都容易上瘾。想起

▶ 巴黎十八区的
柴可夫斯基路

冯友兰先生的一句话："人必须先说很多话，然后保持
沉默。"

　　某天我拜访了一位好友，到她位于巴黎郊外的
工作室参观，那里原本是一间废弃的旧厂房，被改造
成挑高的复式结构，内部用木板墙做了隔断，几位艺
术家共同租用这个空间，将它漆成全白。朋友是画油
画的，她站在未完成的巨幅线稿前搅弄调色板上的颜

料，屋子另一头的角落里坐着一位大叔，手掌撑在膝盖上，双眼紧紧盯着桌上放置的一件雕塑。朋友悄悄告诉我，这位大叔的本职工作其实与艺术无关，他只是年轻时在美院待过一阵子，后来虽说转了行，但始终保持创作热情。近几年工作清闲下来便给自己租了工作室，业余时间全泡在这里，做雕塑，做装置，也做版画，什么都尝试，权当兴趣爱好而已。

朋友说他最近痴迷于陶瓷的肌理和质地，桌上放置的那件雕塑就是已经烧过一次的白色素胚。看形状似乎是个女人的塑像，我从远处瞄过去，大致可凭轮廓分辨她的头、脖颈和肩骨，以及身上披挂着的一袭

▼ 巴黎市立现代艺术博物馆

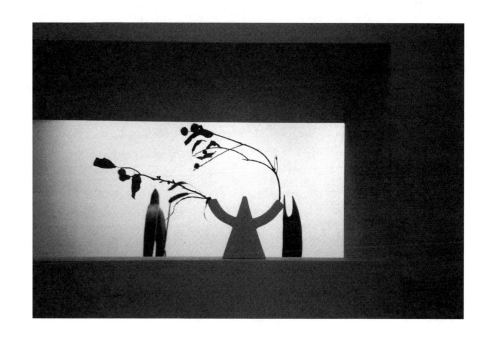

彩色长裙。上釉过程好像尚未完成，裙底一层层块状釉料潮水般在她的裙摆上涨落。他那样保持静止的姿势过了好久，屋子外枯落的树叶绕了一圈又一圈。我偷偷观察他，我在他的凝视里看见一种敏锐的共处，是人肢体的曲折、心灵的褶皱与材料的属性之间的共生和相处。

想起很多年前四处旅行的时候，曾在景德镇的一家青旅遇见一位北京来的画家。那天我在青旅走廊无所事事地闲逛，路过她的房间，房门大敞，她穿黑色吊带背心和黑色印花扎染的米白色灯笼裤，肩臂处露出几枚素净的几何刺青，正伏在一张大方桌前写毛笔字。我呆立在房门口静静观看她的侧面，她运笔的幅度不大，指腕关节的行止收放很细微，更像是一位绣女或者纺线织布的艺人，井井有序，*丝丝入扣*。

我瞧见她脖子上渗出几粒汗珠，好像铆着劲在对抗什么似的。当天晚上我在旅店大堂又碰见她，我在沙发上看书，她走过来在我对面坐下，问道："下午是你在门口看我？"我说是的。在我们互相交换各自的基本身份信息之后，她告诉我保持练字的习惯是为了训练自己握画笔时手部的稳定性。

我发现她其实热爱交谈，虽然沉默的时候散发着冷酷的气场。她说出的话常常很锋利，像法医用的手术刀，一刀下去就插进骨隙，三下两下就拆开关节。那时候我二十岁，她三十岁出头，但我总觉得她比我更加棱角分明，只不过她的棱角是在砸碎了许多旁枝末节之后，被精心保留下来的唯一一支。在我与她相隔的这十年里，她只做一件事，即是打磨这支仅存的棱角，使它锋利到能够披荆斩棘，能够解剖世间所有的质料与形态。时间借她之口说了许多话，有些我听得懂，有些我听不懂，但后来我大多都忘了，除了她指着我鼻子甩给我的那一句："你自己去想想。"

她也有温和的一面，比如当我问她是否害怕有一天灵性枯竭、才气消失，她脸上没有丝毫焦虑，只是轻柔地微笑起来："那样的话，我会很高兴，而且我希

◀ 里斯本的某家
餐厅

望那一天来得越早越好。"对了，她几乎不化妆，却有一张精致细腻的脸庞，瞳仁深刻，眉目开朗。我羡慕她，羡慕极了，我在她身上看见一种自然生长的力量。而我最羡慕的，是她总有底气对很多人、事说出那句"我不急"。她和那位塑像的大叔以及我的画油画的朋友是同类，我羡慕他们所有人：所有可以成熟地"做东西"的人们。

他们与手里的"东西"相处，并且共生，这个过程也是在与自己相处，以及共生。因为也许你只有在弓着身子拉胚的时候才会发现，自己的右手会习惯性地以手指施力，而不是掌心左右两侧的肌肉；可能你也只有在伏案写字的时候才能意识到，你在写竖笔的时候一定会在最底端向左侧轻微挑笔。这些都是你身体内部的失衡，没有拉胚、写字这回事你根本察觉不到，甚至终其一生都遇不到它们。"做东西"是向内部搭建一条通道——用马拉美的话说，给你一个"instrument spirituel"（精神的工具）——使你得以抵达心灵凹陷之处，并将它们缓缓熨平。

我的阅读自闭症

　　我在巴黎的小家中有一面书架墙，藏书量虽比不上那些念哲学硕士、文学博士的朋友，但也大致可以勾画出这三年来，我的关注点四处扩散的轨迹。这几位念哲学硕士、文学博士的朋友每次来我家做客，必定会检阅一遍我的书架，看看又增添了什么，还是丝毫没有变动。他们这种例行检查导致我对自己书架的布局及内容建设十分紧张，每次逛旧书摊和二手书店，首先考虑的是他们见到了会作何评价，他们与我聊起这位作者及其观点的时候我又该如何应答。也许这些询问之于他们，与邻里乡亲拉扯闲话有着相等的社交属性，因为这些话题令他们感到轻松自在，反倒是有时吃饱喝足之后，我问他们有没有看过最近大热的影片或者是否听闻某个明星的惊天八卦，他们会像课堂上被老师点到名却什么也没复习的学生那样，慌张又胆怯。

　　这几位哲学硕士、文学博士，是我在法国最好的朋友，大概是为了获得他们的认可，加上长久以来受到他们潜移默化的影响，一个观念在我心中渐渐根深蒂固：书架是人的第二张脸。它是一个敞开的、面向外界的空间，而并非像我过去十

几年里认为的那样——书架是一个人家中最私密的地方。在认识这几位朋友之前，我最害怕家中来客靠近我的书架，尤其反感他们伸长脖子把脸凑近每本书的书脊逐一扫视；更有甚者，要是取下某本书，浏览其中乱七八糟的注释，我简直可以钻进地板。那种感觉就像自己被推进医院做超声波检查的大轮子，虽然衣着完好却总有种赤身裸体的羞耻和不安：我这个人在另一个不可见的世界里长成什么模样，终究还是被你一览无余地"看见"了。

上高中那会儿豆瓣网大热，我也一度热衷于标记各种电影、戏剧来装点我的个人主页，但唯独"读过的书"那一栏八年来没什么动静，只有寥寥数十条作品质量跨度巨大的记录。依旧坚持认为阅读是极度私人的经验，既不想让人知道我读过什么，也不想让人知道我没读过什么，更不愿意与人交流读后感；对待影评、剧评确有热情，但全身上下每个细胞都抗拒撰写书评，虽然在复旦念中文系的四年里，我被教授们几乎打造成一名生产文学评论的专项选手。这种抗拒主要是出于自保，因为对自己的书写能力没有信心，害怕文本分析不够精确，给自己的粗浅鄙陋招来嘲笑。

　　后来我这几位朋友治好了我的"阅读自闭"。正在读文学博士的田同学和邬同学，家里的藏书目测用两个28寸大行李箱都装不下，每次去他们家中做客无处落脚，我就在想，等到他们准备彻底回国打包行李的时候，航空公司给的行李托运限额到底够不够他们使用。

　　记得大四毕业那年，我为了把寝室里的书搬空，用28寸的箱子前后运送了两次。第一次是坐高铁回家的，塞满上百本书刊的行李箱大约有两个我那么重。在虹桥火车站搭乘自动扶梯的时候，我先站了上去，箱子还有两个滚轮没放上同一级台阶，电梯就快速上升了，箱子立即下坠，我攥着拉杆的那只手臂被拖拽下去，在失去重心向后翻倒的瞬间，我的另一只手在空中四处乱抓，碰到电梯扶手后赶紧死死扣住。在电梯缓慢上升的过程中，我经历了我这短暂人生最漫长的十几秒，整个人的重量，加上书的重量，全部悬挂在两条手臂上。当时我心里只有一个声音：箱子要是摔到地面，里头的书掉出来，压皱的话我会很心疼，所以千万不能放松，咬牙坚持住，马上就到楼上了……

那天我见到来杭州东站接我的老爸，把先前的经历告诉他，他一秒钟变了副严肃面孔，瞪着我说："以后再遇到这种事，必须得放手，万一你摔倒了，头发卷进电梯里，整个头皮都给你扯掉你信不信！"我被这话吓得拿手掌捂住张大的嘴：有生以来第一次意识到，原来我所热爱的东西还能给我带来这么大的危险啊……上面这个例子稍微有点极端，但我相信对于每个文科生来说，每次搬家，搬书都是最令人头疼的项

▼ 法国参议院内部

目。尤其是留学在外的文科生，搬家又是家常便饭，一定不止我一个人无数次看着那一箱箱重如泰山的书，满脑子只想放把火把它们给烧了。

不过我所认识的田同学、邬同学还有去年美学专业毕业的张同学，我认为他们就是那种如果让他们只带五样东西去荒岛生存也一定会带本书的类型。他们站在自己的书架前侃侃而谈，同时随意又精准地取下几本书，向我毫无保留地推荐它们，而那些书总能刚好解答我当下的困惑。在他们家做客，谈话百分之八十的内容都与他们近期的阅读和写作有关，当然这其中我能加入对话的部分大约只占百分之十。剩下的百分之二十是我见缝插针向他们倾倒论文难以为继、毕设思路枯竭的苦水，他们会像耐心的心理医生那样听我阐述我的疑问，然后用他们书架上现成的"药剂"给我开一个"药方"（书单）。有时候我甚至觉得，其实我的论文导师，应该是他们几个才对吧。

张同学还有一个更可爱的举动。去年他经常邀请我们去他的家里"吃老酒"（他是个北方人，但喜欢说"吃老酒"），他这个人又不胜酒力，两杯青梅酒下肚，满脸涨得通红，开始模仿吴语地区的讲话腔调。一米九几的大高个摇摇晃晃地把身子搭到书架前，把他的书一本一本摘下来。刷刷翻到某页，指着几行字说"你上次跟我提到的某某概念可以和这段话对照起来互相解释呢"诸如此类的话。哦对了，他喝醉的时候，还会用德语朗诵诗歌。

为了附庸他们身上散发出来的那种风雅，我重新布置起我

的书架，练习向他人口头叙述书本内容的能力，养成
参观别人家书架的习惯。我在这种细微的自我训练中
度过了两年，从"通过观察书架快速了解一个人"的
捷径中得到隐秘的成就感，也寄希望于借助这条捷径
让喜欢的人进入我的世界。然而在昨天，我向一位新
结交的朋友提出参观他书架的请求，虽然对方欣然应
允，但话刚说出口我就后悔了。倒不是因为我的"阅
读自闭"再次发作，而是忽然意识到在我这条人际交
往的捷径背后，潜伏着一种企图对人进行分类的武断、
刻薄和傲慢。所以后来我对新朋友说，还是把你的第
二张脸再藏一藏吧，那些让我们快速高效地认识他人
的手段，也许并不能让事情变得简单，反而是造成更
多误解的开始。

那些陌生的老朋友们

　　闭门写作毕业论文的几个月里，经常连续数日足不出户，直到冰箱里几乎断了粮。我习惯于用热牛奶冲泡速溶麦片当作早餐，听收音机里的晨间新闻节目，了解外面的世界有多么混乱，然后继续蜗居在我的小房间里。

　　偶尔能在临街的窗口瞥见怀里揣着两根新鲜法棍，边走边抠着脆皮吃的中年男子：白色衬衣，灰色开司米线衫对折披在肩膀上，两道袖管在领口打结；藏青色西裤，棕色牛津皮鞋，棱角分明的黑色镜面反光墨镜。在这个阳光晶莹剔透的上午，他就像那些地中海浅水港沿岸，吹一角海风的游艇主人，在狭窄的水湾里蓄势待发。

　　突然想起那个名叫Rui的里斯本男人，三十岁左右的年纪，是当地一家律师事务所的高级合伙人。平时工作生活仅限于市中心的几块街区之间，周末和假日他必须远离陆地：驾驶他那艘停靠在桑托斯老港的小游艇出海捕鱼。他说："不出海，会觉得生活不踏实。"在他向我介绍船身结构和内部设施的时候，我提问道："您最远到过哪里？"他想了想，手指在半空划出一道弧线："西班牙东边的海域吧……帕尔马附近。"那

天他也穿了白色衬衫、深蓝西裤和棕色牛津鞋。

　　某天，我的手机收到了一封新邮件，是常去的那家书店发来的，提醒我前一周订购的四本书，今天店里刚刚到货，得尽快去取。我心里盘算了一会儿，买菜、取书、晒太阳……嗯，这天出门的理由已经足够充分了。

　　书店柜台后面的伙计，有一副看不出年龄感的相貌，亚麻色的卷发主要盘绕于头顶及后脑勺，额际一周很稀疏，笑起来眼角堆三道饺子皮似的褶子，瞳孔是灰偏浅蓝的干净。有人管他叫西蒙。我说我来取书，有四本今早刚到，"需要给您看一下我的邮件吗？"他说："不用了，我记得您。"迎面抛给我一个彻彻底底的笑容，一双眼睛像一对饺子，皱了三道褶。

我差点没接住这个敞亮的笑容，迟笨地收起手机，低头的间隙对他说："好的，谢谢您。"他打开书柜取出我的书，抽出一卷牛皮纸把书码齐包起来，交到我手里，第二次向我发射太阳一样的笑容和晴朗无云的眼神。"我在里面放了一枚书签，希望您会喜欢。"他说。"您真是太好了，谢谢。"我也对他笑，闪烁的眼睛停下来，认真与他对视大约两秒。他轻轻把脑袋往右一歪，大概因为成功勾引我笑了出来而满怀得意，心里的声音可能是："看吧，这样才对嘛！"

"祝您今天过得愉快，再见。"

"您也是，再见。"

依然是标准的对话结尾。

很奇怪，每当离群索居一段时间后，总是最容易被陌生人的友善言行所击溃。以至于有时，为了贪享这一点点单纯的、不费心力的、有所节制的交际，绕远路也要去那几家熟悉的书店、花店、面包房、水果摊买些什么。只为了跟这几位陌生的老朋友寒暄几句，收集几个窝心的甜美笑容，确认自己没有跟这个具体的世界断了联系。

我家楼下的面包房"Léa & Gilles"（蕾雅与吉尔）是我的小食堂。一般是蕾雅在店里招呼，偶尔她的姐姐或妈妈会来帮忙，她的丈夫吉尔是糕点师，囿于烤箱和面粉团之间，不常出来。在搬到这个街区的半年后，我和蕾雅已经可以互相直呼

▶ 隔壁一楼的邻
居种在院子里
的粉色山茶已
经伸出了围墙

名字，不再对对方使用敬语了。我跟着她渐渐学会了
店里所有糕点面包的法语名称，自然也是把它们全都
吃了个遍。但更多的时候，比如匆忙赶去学校之前或
者筋疲力尽下课之后，我只点同样的东西。她见了我
问今天吃什么，不等我开口，便紧接一句："老样子？"

我笑着点头。安达鲁酱带芝麻的鸡肉三明治，加热，以及一盒切好的新鲜菠萝，有时再加一块特罗佩小蛋糕。

蕾雅喜欢扎侧到一边的大麻花辫，涂深红偏紫的口红。她是1996年生人，明明比我小几岁，可是有一天她的妈妈说，你俩站到一块儿，看着还是蕾雅年长许多。那天正巧是中国新年的前一周，我手舞足蹈地告诉蕾雅，过年期间我的爸妈会来巴黎陪我，她也立即手舞足蹈起来。

"今年是什么动物的年份？"她问。

"是狗呀。"

"嗯……我记得我是属老鼠的，按照你们的算法。"

"咦？那你应该比我小了……"

"我是1996年出生的，"她从玻璃橱柜后面探出脑袋来，"对了，我得请教你，老鼠在你们的传统里，有什么寓意吗？"

"聪明，灵活……生存能力强。"反正我就拣好听的说。

"那就好，"她又把脑袋缩回柜台后面，"只要不是在大街上乱跑的那种就行！"

蕾雅的妈妈比她更在意我的父母什么时候来看望我这件事，圣诞节问过我一次，万圣节前也问过我一次，大抵是作为母亲的缘故，她对所有与蕾雅年龄相仿的年轻人，都怀有普遍的关心。在这一点上，天下的父母倒是没有太大差别。

我对蕾雅妈妈的感情，来源于她向别的客人提到我时所使用的代称。有一天我下楼买早餐，揣了家里能翻到的所有硬币，估摸着应该能凑个十欧左右，点了我最爱的早餐三件套：开心果馅的瑞士小面包，一盒切块菠萝，一杯牛奶咖啡。把兜里的零钱往收银台一倒，一粒粒数完竟然还差五十生丁。我面色尴尬，正琢磨着是去旁边银行取点现钞还是退掉我的小菠萝，蕾雅的妈妈把钱往抽屉里一扫，说："没事儿，明天再给我吧。"

旁边一位目睹全程的老伯凑过来试图解围："还差多少？我给你吧。"我愣了一下，蕾雅妈妈赶快摁住老伯："哎呀不用了，这孩子总会来的，她就住这对面，明天肯定还来。"我笑嘻嘻接过早餐，道了句今天过得愉快就溜回家，可一路上心里风和日丽的，蕾雅妈妈管我叫"这孩子"（enfant）。我听过无数次他人称我为：这位女士（madame），那位小姐（mademoiselle），这个小姑娘（petite fille），那个中国女生（fille chinoise），等等。这些称谓都有性别之分，国别之分，可是"孩子"这个词很有趣，无论阴性还是阳性，都是enfant，没有分别。也许是蕾雅妈妈有她专属的语汇，但我猜想，或许潜意识里，她就是把我看作一个小孩，一个不需要添加其他定语去修饰、去区分的小孩，和她的蕾雅或者吉尔有相同的属性。

所以在我的父母初到法国，仍苦于时差之扰的第一天，我就拉着他们去蕾雅和吉尔的店里，借口说非得让他们尝尝新鲜出炉的羊角面包，其实是想向他们展示："看吧，多亏了这家子人，我在巴黎从来没有饿过肚子。"碰巧那天蕾雅和她的妈妈都在店里，我就给她俩介绍我的父母，也给我的父母介绍她俩。吉尔捧着一摞新烤的法棍出来，叠在货架上，蕾雅兴奋地拦住他："快看，他们一家人都来啦！"吉尔擦擦脑门上的汗

◀ 新桥上的一家人

珠:"哇,从中国来的吗?"蕾雅说:"对啊,他们要一起过年了!"

后来的对话我记不清切了,只记得他们仨站在柜台后面,我们仨站在柜台前面,彼此嗯嗯啊啊地点头,六对眼睛四面八方地扫射,不知该停在哪里。好在最后,蕾雅家的羊角面包和法棍得到了父母的赞赏,他们对我抹着黄油和果酱啃面包的饮食习惯也逐渐予以认可。

算起来我已经有半个多月没有去蕾雅家报到了，取了书买了菜晒够太阳以后，我用身上仅剩的几枚硬币买了一百克脆糖小泡芙。

"我今天早上还想到你了，这么久没见去哪了呀？"蕾雅把手臂交叉起来歪着脑袋质问我。

"哪也没去，一直关在家写毕业论文。"

"咦？你要毕业了？"

"对。"

"那你之后做什么，还在法国吗？"

"嗯……"终究躲不开这个最近高频出现的问题，"应该是回中国找工作吧。"

"这么快啊……"她嘴角眉梢耷拉下来，"以后还能见到你吗？"

"当然，只要回到巴黎，我就来你家吃早餐！还有，来中国的话，一定要找我。"

"好极了！"她说，"现在我又多了一个去中国的理由。"

凌晨一点的圣米歇尔大道

现代公共交通时常干扰我们对直线距离的估判，最糟糕的是，动摇我们对自己脚程的信心。如果不是错过了最后一班公车，并且另一趟取而代之的夜间巴士需要再等40分钟才来，我不敢贸然做出步行回家的决定。然而事实上，从我当下所在的奥德翁剧院，直到我位于十四区阿莱西亚大街的家，沿圣米歇尔大道和丹佛罗什洛大道一路向南，不过就三公里路程而已，导航软件提示步行时长37分钟。

"为什么不坐地铁呢？"很多次赴约迟到，或是在车站执意等候大概只比戈多稍微确定一丁点的公交车时，我都会被朋友这样质问。"可能是有轻度的幽闭恐惧？"我也不知道该如何解释我对地铁天然的厌恶和排斥。当然，诸如上海地铁三、四号线以及巴黎地铁六号线，这种中间有几段路程跳跃到地面以上的城市高空观光线路除外。

接近凌晨一点的圣米歇尔大道暖风温柔，白天燥热的方砖路面已经冷却下来，城市残留的喧声汇入一条大河，缓慢地奔走，游龙般鼻息深重。这个瞬间，像极了多年前在上海的国顺路，街道两侧大樟树轻轻合掌，遮蔽了一半的沥青路。蛋黄

色灯光从茂密树叶间溢出，滴落到地面，流得到处都是。风吹来搅拌空气，眼睛里是一片光影溶溶的景象。气温刚刚好够穿一件薄毛衣，你能感受到转换季候的节律。

捕住这风，埋头使劲嗅闻，除了新草沾湿的土腥味，一层一层沉降下来的沙尘，街角垃圾房初步腐烂的厨余陈滓，还有游荡了很久的山茶或水仙的香气。一种复杂的气味，本质上是不同浓度的吲哚化合物的排列组合，但在那千万亿种偶合的可能性中，能如枪械扳机似的骤然触发我"不自主记忆"的，只有其中一种。

我曾经探访过一些销售香水的店铺，去寻找记忆中近似的嗅觉体验，调试过数十次，最终试验结果如下：先于手腕处铺一层"大麻花"，约五分钟后在同一处覆盖一层"暴风雨"，最后往空中喷洒"菩提树"，再拿手腕凑上去沾染水雾，静置30秒，我就可以把凌晨的潮湿大街戴在手腕上了。

研发出这个配方的时候我还在念高中，没有资金购买也没有资格使用香水。在那些贩卖气味的店铺里，陈列在货架上的只不过是一支支小试剂，是可被辨认、可被区分的最小气味单位，套用语言学里"音素""语素"的概念，它们卖的是"气素"。况且单价不高，符合我随意组装搭配的游戏需求，唯独可惜这些气味的持续时间太过短暂，好在也足以满足一个普通家庭高中生的隐秘乐趣。成年后我用过的香水全都是这道"大麻花＋暴风雨＋菩提树"配方的各种变体，它们都具有难以描述、饱含树脂、单调、不能消化、植物般的气息。

不知道你有没有发现，描述嗅觉永远是一个偏正结构的表达模式。我们总说"什么东西的气味""怎样的气味"，但这个气味究竟是什么，如何指称，依旧是不可说，也说不得的。就像我永远无法向一个从来没有闻过大麻花气味的人描述它，任凭我如何抓耳挠腮也只能说："它就是大麻花的味道呀！"——你看，解释循环。即便是世间一流的作家，极尽叙述描摹之能事，要是没去过圣彼得堡，尤其没见过19世纪的斯多廖内街14号和格里博耶多夫运河，他哪里会知道陀思妥耶夫斯基的"彼得堡恶臭"里面到底掺进了多少种发酵的腐殖物。

而我也是直到亲自站在人烟阜盛的西贡范五老街，一个叫卖牛肉河粉与海鲜烧烤的夜宵摊前，感官才忽然与基于语言的想象达成贯通：我终于闻到杜拉斯笔下混杂着焦糖、炒花生、蔬菜汤、烤肉、绿草、茉莉、飞尘、乳香、炭火的，来自"丛莽、森林中偏僻村庄"的城市气息。这种气息还真是热带城市的产物，别的地方都找不到。我在夏天香港油麻地的大排档，高雄的瑞丰夜市，以及广州的东华西路、永胜街一带，都碰巧撞见过类似的味道，它令我在阴冷单薄的欧洲很是想念。巴黎的中国城偶尔也有五光十色的夜市，但与热带相比，终究是缺了几味湿溽的草莽气。

我们的语言里直接为嗅觉命名的词汇实在少得可怜，至少与颜色、声音和饮食之味相比，可以说它是被长期轻视且屈于次要位置的。这无可厚非，毕竟视听享乐与口腹之欢是人之大欲，凡能填饱大瘾大欲的事物，必带来语言的繁荣昌盛。

纵使世上有再多的格雷诺耶，我们也无法解决为气味命名的困境，制香师无须对名词的匮乏负责，诗人和哲学家才有创造和生产词汇的义务。气味语言的空白应当归结于对其进行再现的困难，颜色可以调配，红绿蓝三原色有256的三次方种不同比例的模式，声音的振频、振幅和音色也基本可控，音频软件里拉个波谱模型出来，也就是动动鼠标安装两个喇叭的事。可你说凌晨一点圣米歇尔大道清浅温柔的气味，我该用什么指数记录，再用什么工具重现呢？手中徒有纸笔相机的我，好像也只能借助视觉的通感去无限趋近这枚不可名状的彼岸之花。

听说在马来半岛丛林部落，存在一个气味词汇发达的

◄ 索镇公园的松树

"Jahai"语系，认知与行为心理学教授Asifa Majid，在一部有趣的论著《气味在语言中可以表达，只要你说对了语言》（*Odors are expressible in language, as long as you speak the right language*）中列举了几个独属于嗅觉而不适用于其他感官，无须通过类比就能直指对象的抽象名词：

"crŋir"：被烤制过的东西的气味。

"haʔɛ̃t"：腐肉及虾酱散发的臭味。

"cŋɛs"：刺鼻的味道，例如汽油、烟、某些植物与昆虫。

"cŋəs"：闻起来可以吃，很美味，例如熟食、甜食。

"plʔɛŋ"：能够吸引老虎的血腥味，例如被碾碎的头虱、松鼠的血。

"pʔih"：类似血腥、鱼腥、肉腥的气味，例如血液、生肉、生鱼。

"harim"：令人愉快的芳香，例如许多种类的花卉、香料、香皂。

真了不起！这支语系令我心生强烈的好奇与向往之情，被碾碎的头虱和松鼠的血迹闻起来竟然与老虎喜欢的腥味是一样的，要知道这并不是某个人的异想天开，而是整个部落共享的集体认知。我迫不及待想要了解这个族群的地方历史和日常生活，甚至计划有朝一日去到那里，亲自体验有着腐肉臭味的虾酱究竟是一种怎样的存在。

不过现在我已经穿过圣米歇尔大道和丹佛罗什洛大道回到了位于阿莱西亚大街的家里，时间将近凌晨两点，我准备尽快洗漱完毕钻进被窝，去梦里享受一顿"cŋəs"的大餐。那么，我也祝愿你度过充满"harim"的一天！

最后三十堂星期一的课：
回忆德·罗代里尔女士

一

巴黎生活即将告终的最后一个礼拜，伊莎贝特·德·罗代里尔女士让我住进了她的家。她与丈夫多米尼克正要返回圣·米歇尔山中的老家度假，临行前听闻我因公寓租约到期而各项签证尚未办妥，被迫在学校附近昂贵并老旧的小旅馆住了半个月，遂向我发出邀请，将我从进退两难的窘境中解救出来。

德·罗代里尔女士的家我已经很熟悉了：利用狭长的螺旋楼梯上下联通的复式结构。从前每次造访，我们都只在顶层的客厅、餐厅和露天阳台活动，这段时间的借宿让我在同罗代里尔一家告别之前，终于解锁了他们的书房、卧室、浴室等一切生活起居空间。

交接钥匙那天，德·罗代里尔女士打开平时紧闭的卧室房门，向我解释每个空间的归属情况，介绍散落各处的艺术品收藏。德·罗代里尔女士的本职工作是巴黎红房子基金会（La Maison Rouge）的策展人，深耕国际当代艺术领域几十年，家中的摆设与装饰充分显露她在行业内的人际网络。

我参观过一些作家、艺术家的家或工作室，与窥视他们的朋友圈大体无异，有些涉足艺术市场的学者，他们的收藏体系简直是参考文献的具象外化，与他们的写作心意相通。作为一名曾经的拍卖从业者，看到如此流传清晰、脉络严谨的学者型收藏，我总是难以抑制激动兴奋的心情：一个人依据自己的观照为零落深空的孤星串起线索，绳结处系上诗性的语词和意义，夜幕中从此诞生了几个新的星座，这样的快乐，隐秘却浪漫至极。

想起不太久之前我在巴黎参观诗人热拉尔·马瑟（Gérard Macé）先生的家，为他贯通东西的收藏格局钦佩不已。尽管作品涵盖法国本土和东南亚地区各种形式的创作，但所有可见的空间内部，全都笼罩着浓郁的迷雾般的东方情调。

刚进大门，正前方玄关墙壁上，赫然出现三幅亨利·米肖（Henri Michaux）的中国水墨画。米肖的水墨作品并不严格遵循中国本土的绘画传统，但他的图像风格是他的远东旅行经历、他对中国书法的研究以及他诗歌中的意象的捏合，那些状如小人又形似动物的笔墨，时而涌现出波诡云谲、金戈铁马之势，这里头多多少少受到了赵无极的影响。

马瑟先生和米肖很像，尽管不确定他本人是否允许自己被这样比较，但马瑟先生的诗歌和摄影创作里面，同样散布着他在中国与远东的行迹，以及他对汉语、对中法文学关系的深刻理解。因此也就不难解释，我穿过玄关后，便在他的客厅里发现了许多来自东方的物件，比如墙上悬挂的两扇明清嵌瓷片木雕槛窗，比如书架中层的鎏金金刚铜像，比如壁炉顶上带有东南亚原始部落图腾形象的小雕塑，还有一些我乍看之下分辨不清出处如今也记不清切细节的摆件和绘画。

不过我始终对餐厅过道处的两幅小版画念念不忘，画面中是硕大的龟背竹叶片，蔓引株连织网错落，以颇具压迫感的姿态，占据三分之二的构图，仿佛给植物作半身肖像。我迅速检索大脑中的图库，有限的储备提供给我几个日本大和绘的选项，尤其是以物语文学为题材的绘卷，类似《源氏物语》中某个草木葱茏的小局部。

若是单论制作技法，这两幅小画应当属于一种模仿黑白水彩效果的凹版蚀刻（Aquatint），诞生于18世纪末19世纪初的欧洲工艺，右下角附有一串书写潦草但笔迹清晰的作者签名；再加上龟背竹作为原产美洲热带雨林的物种，进入室内作为观赏盆栽培养，想必是晚近才流行的生活趣味。综合以上，我推断这组作品出自某位现当代日本画家之手，抑或是某位19世纪末受浮世绘风格影响的欧洲画家。

然而我只答对了一半，若干年后我在查询某家法国拍卖行成交记录的时候，无意间再次碰见一幅龟背竹小版画，与马瑟先生家中的两张同属于一个系列，版次不同。作者的名字是森·山方（Sam Szafran），一位犹太裔法国画家，从第二次世界大战的大抓捕和集中营中幸存，跟随母亲和妹妹短暂定居过墨尔本，20世纪50年代回到巴黎入读大茅舍艺术学院，常年混迹于蒙巴纳斯的咖啡馆。众所周知，蒙巴纳斯地区是巴黎除蒙马特高地外，另一个艺术家聚集中心。森·山方彼时结识并密切交往的艺术家，无疑是黄金时代的代表人物：阿尔伯托·贾柯梅蒂、伊夫·克莱因、亨利·卡蒂尔–布列松……于是我们大致可以想见，森·山方置身于一个怎样的"当代"，归属于一个怎样的共同体当中。

所以马瑟先生为什么会收藏森·山方的作品呢？他绘画中那层薄纱似的东方情调又是从何而来？初步掌握的资料显示他从未到访中国，或许是来自好友兼导师贾科梅蒂的引导，或许同样就读于大茅舍艺术学院并也曾流连蒙巴纳斯咖啡馆的中国艺术家常玉与他确有来往，又或许经由代理画廊克劳德·伯纳德画廊（Galerie Claude Bernard）的介绍，他接触过一些亚裔艺术家……逐一论证这些假设需要另外一篇论文的体量，然而真正令我感到惊喜的是，因为有了马瑟先生的审美和收藏活动，我才有机会重新发现森·山方的艺术价值，甚至将有关他的讨论纳入涉及米肖、马瑟、谢阁兰的话题中。我所在的这个现场，既是马瑟先生的家，也是一场由马瑟先生亲自策划呈现的美术馆级展览。

二

"你想睡哪个房间？这间是书房，我的小孙女住过，"德·罗代里尔女士又转头指向走廊尽头，"最里面那间，黄蓓每次来巴黎都住那。"我旋即两眼放光，探过身去扫视一番，走廊尽头那间四壁纯白、陈设极简的房间，在整幢奥斯曼风格的建筑楼体内，散发清洁寂静的气氛，仿佛我的本科导师黄蓓教授还在那儿住着。我遂向伊莎贝特回复道："我还是住这个书房吧。夏天已经到了，黄老师大概很快就会来巴黎了。"

书房当然更符合我的兴致，它储存了无穷无尽的细节，同马瑟先生的书架逻辑相近，伊莎贝特的书架上也有许多摆件，书脊间隙偶尔冒出的小瓷杂、小雕塑、小器皿，犹如顿挫的标点符号，让丛杂的语言暂时沉默一会儿。

夏初的巴黎，雨夜有时微凉，顶层隔开露台与餐厅的落地窗，被雨点敲打得玲珑作响，还有类似碎石子窸窣滚落的声音，至少我是这样说服自己的，可能有小鸟小虫在花坛里玩闹吧。但更多的时候我战战兢兢，怀疑自己睡前未将所有门窗反锁却不敢出去检查，书房门外并不是属于我的空间，陌生的物体在黑暗中潜滋暗长，我只能依赖这座古老的书架、墙边的画框、床垫底下的编织地毯来守护我的安全，因为我曾与它们长久地互相凝视，我们之间已经缔结了信任。确认过书房的门窗锁好，我亮着床头灯，怀着绵绵的忧惧，沉入险象环生的睡眠。

白天我才敢探索这套公寓的公共部分，与其他空间建立互信，除了伊莎贝特与多米尼克的卧室，我是万万不敢踏足进去的。从前在一篇文章里写过巴黎的老公寓，内部扭捏曲折，利用重重隔挡划分功能区域："如果绘成平面图，看上去就像九曲回肠的微缩迷宫，以褶皱堆叠而成。"即便是公共空间，也常常被转角或屏障遮掩了视线，这种充满视觉盲点的内室，总令我无法安住。

起居室走廊、进门玄关和通向上层的楼梯之间，隐藏不易发觉的三角形区域，它由洗衣房和一个半封闭的不知道做什么用的空间组成。这个无用空间，平铺榻榻米地垫和严重凹陷的日式懒人沙发，靠墙侧站着一座更古老的紫檀木小型多宝柜，像清代制式，架上满满当当。依次拉开镶铜扣的抽屉，左侧格子盛装宣纸卷轴、皲裂的毛笔、黑墨水和几枚印章，右侧格子塞满成套的氧化泛黑的纯银雕花刀叉和汤匙。我猜这个"无用"空间的作用是，洗衣服的时候坐在这里阅读、冥想或者打个小盹。

沿螺旋楼梯上到二层便是会客区，正中央的客厅，墙壁刷成绛紫色，壁炉上方高悬三幅同系列的抽象画，大色块平涂，神似赛·托姆布雷（Cy Twombly）晚期的大红花。右转是德·罗代里尔夫妇共用的工作室，依旧是整面墙的书，一半有关政治财经，一半有关艺术史和美学评论。两张相对放置的长桌：多米尼克的桌面除了一台老式电脑，只有整齐码放的稿纸，背后挂着19世纪接近巴比松派风格的风景油画，大约是这个家里唯一符合多米尼克审美品位的收藏了；伊莎贝特的桌面，几座由艺术家画册堆起的小山丘，随意散布的展览开幕邀请函，以及形形色色的合影，策展人的日常事务与职责，皆在这方寸天地内。

客厅左侧，开放式的餐厅和厨房，间隔一排明净的落地窗，外头就是花草繁盛的顶楼露台花园，栽植红玫瑰、黄玫瑰、白玫瑰（可能其实是月季），还有番茄、罗勒和葡萄藤。花园边角，有一根木质立柱深深扎入土壤，表面雕刻着夸张的人类面部，用黑色颜料描出五官，伊莎贝特告诉我，这是来自东南亚靠近南太平洋的某座小岛，作为原始部落宗教崇拜的祭祀饰物，入夜后看见它，我认为颇有镇宅的功效。

这个露台的最宝贵之处在于，坐在阳光下一边喝咖啡，一边可以远眺蓬皮杜中心五六楼的局部景观。"我从复旦做客座教师回来以后，就一直住在这里了，"伊莎贝特端来新鲜煮好的咖啡说道，"当时我和多米尼克找房子的标准就是，一定要住在走路就能抵达蓬皮杜中心的范围内。"

20世纪90年代初期，伊莎贝特在复旦大学法语系教授艺术史，访学期间她事无巨细地搜罗中式古董，每逢假期便蚂蚁搬家似的，往法国运送各式各样的物件。比如客厅的储物柜上，惊现一盒民国时期，装在

◀ 看得见蓬皮杜
中心的露台

红木箱箧里的象牙麻将，我表示好奇："你会打麻将吗？"她摇摇头："我只是觉得，那些图案精美绝伦。"

夫妇俩的工作室门口，悬挂着两片清代红木对联，上面书写的内容我大多忘却了，依稀记得有"紫气东来"四个字，伊莎贝特抓住我的手臂兴奋地问道："你快给我翻译翻译，这些汉字到底是什么意思？"我苦思半晌后作答："Cela veux dire que vous aurez du bonheur et de la fortune."（意思是：你们将会拥有幸福和财富）

"所有你在这个空间见到的当代作品，都是艺术家赠送的。"伊莎贝特带我观看墙上每幅画，犹如她在基金会的展览现场，为藏家和媒体代表所做的策展人导览。

"都是年轻艺术家吗？怪不得很多名字都没听过。"我说。

"这个人你应该听过，"她指了指旁边的条案上，一只斑驳的陶罐，"况且这位艺术家也不年轻了。"

我凑近端详，罐身被拼贴的宣纸碎片和废旧报纸覆盖，表面肆意涂抹黑墨，我在底部发现王天德的落款："我只知道王天德老师画纸本水墨，没想到他还做陶罐？"

"应该把他的创作归为综合媒材一类，"伊莎贝特为她的老友解释道，"我们是在复旦认识的。"

两年多来，我们都在餐桌前进行琐碎的对话，每个星期一下午两点，我准时摁响她家的门铃。我初到巴黎那几天，恰逢黄蓓老师在法国参加学术会议，她特地约我和伊莎贝特在蓬皮杜中心南侧的美丽堡咖啡馆（Café Beaubourg）见面，年逾花甲的德·罗代里尔女士希望与我结成语言学习互助小组，我教她说中文，她陪我练法语，就像当年黄蓓老师在索邦大学读博期间与伊莎贝特的交往那样，这里面自有一种奇妙的传承。如今伊莎贝特于我，已然是在巴黎的亲人，疫情期间我们问候对方近况，祈祷解禁后尽快重逢。

2016年秋天，我第一次造访伊莎贝特的家，那是我们第一堂中法语言互助课程，前一个小时是中文口语课，第二个小时用法语聊当代艺术。"伊丽莎白，"我用中文说，"这是你的名字。"她立即示意我停下，用蹩脚的中文回复："请叫我伊莎贝特，感觉这样更加neutre（中性的）一点。"

三

伊莎贝特的策展人生涯，发端于格勒诺布尔美术馆，有趣的是，我留法的第一年也是在小城格勒诺布尔生活和学习。后来硕士申请到了巴黎的学校，专业方向是艺术策展，伊莎贝特便自然而然地成为我的行业前辈。

得益于与她的交往，我拾取到好几次特展开幕式的"牙慧"，每当她需要出差或另有要事，便会提前把邀请函或贵宾卡转交给我。心目中那些当代艺术的胜地，蓬皮杜中心、东京宫美术馆、卡地亚基金会还有FIAC（巴黎国际当代艺术博览会），我这个初出茅庐的无名学生，竟也能在流光溢彩觥筹交错的开幕式上穿行无碍。

然而真正无可比拟的收获，是那三十堂星期一下午的课。下半场的法语时间，如果伊莎贝特后面没什么事，我们常常超时聊到几近傍晚：我们聊艺术史，聊艺术家八卦，聊当代艺

▶ 用伊莎贝特送
的邀请函去看
蓬皮杜中心凯
撒回顾展的开
幕式

术前沿动态，聊策展人的工作经验，甚至，得寸进尺
的我，还让伊莎贝特帮我修改课程论文和毕业设计方
案。我敢说在院系同专业的同学中间，我的"助教"
是最厉害的。

　　不知为何，我们的见面总是发生在德·罗代里尔
家中，除了有一次，也是仅有的一次，我们相约去看

杉本博司在巴黎玛黑区玛丽安·古德曼画廊的个展。展览部分呈现了杉本博司的海景系列和基于海景系列创作的装置：海景五轮塔系列。

▲ 杉本博司个展现场站在作品前的伊莎贝特女士

　　伊莎贝特很清楚这几组作品于我而言至关重要，因为我硕士第一年的学年论文，正是关于杉本博司的海景系列摄影及其展览呈现形式，而我居然从未亲眼见过它们的展陈现场，对此伊莎贝特惊呼不可思议。

　　我们都心知肚明的是，对待一件艺术作品，亲眼看过和凭空想象，造成的阐释结果极有可能大相径庭。借助她强大的信息网络，伊莎贝特为我默默留意现身巴黎的每一场杉本博司主题展览，而她自己，也在我不厌其烦的絮说和推荐中，逐渐对这位陌生的日本艺术家油然生起密切的关注。

事实上，伊莎贝特对亚洲艺术家的兴趣普遍比我对法国艺术家的多，我们共同的爱好除了抽象主义和抽象表现主义，还有以大批中国艺术家为首的当代水墨实践，比如巴黎市立现代美术馆曾经展出过的那组赵无极的巨幅水墨，其中风卷残云、虚静忘我、大象无形的意境都让我们深深为之触动。诚然这与伊莎贝特当年的中国生活经验切身相关，中式美学之于大多数欧洲人，尚且存在较高的欣赏门槛。但是伊莎贝特坚持认为，艺术家的创作边界及其自我身份认同应当超越国别本身。

某天，我带一位画家朋友拜访德·罗代里尔的家，他在清华大学美术学院和北京画院创作青绿山水，誉有中国水墨当代名家的称号，彼时正在巴黎塞努奇博物馆驻留，做博士后论文的资料收集工作。面对即将结识一位法国本土策展人这件事，等电梯的时候，我观察到他的脸上闪过轻微的惶乱不安。整个谈话过程，他的情绪在紧张局促与狂傲自负间来回摇摆，等不及我为他翻译伊莎贝特的观点，他便逐页向我们展示自己作品集中深以为高妙的画面。

"你究竟定义自己为一位中国画家，还是一位画家呢？"我打断他的阔论，并与伊莎贝特相视一笑。

"中国画家。"他不假思索答道，"我必须首先是一位中国画家，其次才是画家。"

"那么艺术创作在你这里必须是带有国别意识的了？"伊莎贝特紧追其后。

"当然，否则我如何能找到自己的位置，我该为谁发声，我背后庞大且深厚的传统文脉如何得以延续？"他后来还说了什么，我至今想不起来了，总之是洋洋洒洒一番豪言。

伊莎贝特意欲驳斥，沉默片刻后对我说："人各有志，我都接受。"艺术家选择怎样的立场，为多大范围内的公众代言，终究与我们这些看客无关。

我与伊莎贝特即将告别的2019年初，她所供职的红房子基金会已经向外界公布了闭馆的消息，坊间传言是背后的资金链出了问题，我最后见她的几次，并未向她求证具体缘由，只是询问她，之后将去哪里发展。她热情洋溢地向我介绍一位法国本土艺术家，具体的名字我又忘了，那位艺术家过去深受精神分裂症的困扰，如今邀请伊莎贝特一起，共同实施艺术疗愈的公益项目，帮助患有自闭症和抑郁症的儿童，走出挣扎的困境。

我问她为何转向公益，她说，向上的艺术服务渐趋凝滞与阶级固化，了无生趣，如今唯有公益性质的艺术普及，才能让她真切感受到鲜活蓬勃的自我价值的再生。

感激伊莎贝特·德·罗代里尔女士，我一生的挚友与师长，永远带给我不竭的启迪。

下篇

雾海上的旅人

巡礼之年：从巴黎出发

世界上所有的早晨

　　读硕士的最后一年，我养成了一个习惯：每天五六点钟起床，伏案写论文，窗外城市静谧，比凌晨时分醒着的人更少。漫山遍野唯我一人，这个简单的幻觉，帮助我把深夜才能泉涌的灵感，挪到了早晨。其实书写多年，心里清楚得很，世上哪有灵感这回事，无非是等待一个心思澄明的时刻而已。

▼ 巴黎家中的窗口

当时在写的论文，最难的一个部分，关于18世纪末19世纪初德国浪漫派的诗歌与绘画。我在夜幕降临后阅读（欧洲日落时间晚），词语、概念、意象全塞进一口坛子，在我的睡眠里轻晃，日出后打开：一个夜晚酿不成什么，倒可以渗入我的稿纸继续发酵。

那时候爱听维奥尔琴演奏的曲子，可能是受影片《日出时让悲伤终结》（*Tous les matins du monde*, 1991）根深蒂固的影响，我找来约弟·萨瓦尔（Jordi Savall）的作品一首一首聆听，从他庄严宽阔的演绎里，揣测、捕捉圣·科隆布（Sainte-Colombe）和马林·马莱（Marin Marais）的风影。

维奥尔琴的声音是清晨的声音，维奥尔琴就是思想本身，是日出前清冷的、潮湿的、铅灰色的浓雾。至美的东西总是令人很痛的。不知反之是否亦然，有待求证。

我从来不认为巴洛克时期的艺术格调不高，盛大壮丽的空间、繁复严谨的架构、精致奢华的纹饰，却有凄哀如维奥尔琴这样的声音在底部铺排。极盛与极衰本是一件事物同时存在的两个面，相生相长。不存在只有悲怆的好音乐，也不存在只有游冶的好音乐。伟大的音乐就像一支伟大的红酒，重要的是平衡。

埋头赶论文的间隙，某天朋友拉我去香榭丽舍剧院听音乐会，因是临时应约，事先不了解演出曲目，只听说乐队配置是带管风琴的弦乐团。出于对管风琴的好奇与仰慕，我走进剧院。坐下来待音乐响起，人声合唱团用德语开始唱诵，我才终于搞清楚状况：呵，不得了，《马太受难曲》。

我是万万不可能主动去听一场巴赫的受难曲的，自知轻浮浅薄，生怕不管做多少准备功课，都无法从容、得体地与它相遇。但它自己来了，我便也接受。我把自己当作第一天认识巴赫、第一次获得听觉的人。过去二十余年读过的书、经过的事、见过的风景、说过的语言——它们只是扩大了我内心的容积——今夜无用，我将它们全部倒空，是以盛装这座三个多小时的宏伟大教堂。

这种情况，可谓之"裸听"：为了一首熟识的曲子跑去音乐会现场，如果其他的曲目没做过预习，我们就是彼此初见，我只能靠这一次的听觉体验来判断

▲ 里斯本老城的清晨

圣米歇尔山的
晨雾

它，毫无"前认知"可参照，如同旅行没有地图和攻略，不知会遇到什么。大多数时候，"裸听"是潦草的，一个乐句来到我的耳朵里，来不及决定是否抓住它，下一句就闯进来了，我忙于逐一认识它们，结果哪个都抓不住。演奏完毕后，留下个笼统模糊的感性印象，理性全程被晾在一旁，我会觉得很难受，因为我的无知辜负了这件作品和它的演绎者。

那晚的《马太受难曲》中，我深深记住了一个乐段，在漫长而幽深的笛管、维奥尔琴和低音提琴之后，在海潮般汹涌的、轰然的、高耸的、诡谲的合唱之后，它从乌云背后绽开了一道口子，仿佛有光芒照射下来，好生温暖，温暖且和煦：天清地明，湖平海阔，病痛消散，肉身轻盈，以圆舞曲式的优雅步伐，走入光芒，走入花团锦簇的纯白的世界。

演出结束后，包括此后的很多天里，我时时哼唱这个段落，害怕不小心遗忘它。直到有一天，我找来《马太受难曲》的完整录像和唱词，对照着又听了一遍，才找到这个乐段的位置：第65首，咏叹调，男低音，"心啊，洁净你自己"（Aria Bass, Mache dich mein Herze rein）。极富歌剧色彩的唱腔，在这个段落里描绘了一个悼念亡者的场景。尽管乐器声部大多悠扬轻盈，木管齐奏出的主旋律仿若一位慈母在耳畔祷告，带给人无尽的抚慰力量，然而我依然听到维奥尔琴的持续低音铺垫在深沉的男声之下，诉说不合时宜的隐秘的忧郁。

这一条微弱的线索，让我忽然想起很多年前看过的一段视频，画面里是俄罗斯裔以色列籍小提琴家马克西姆·文格洛夫（Maxim Vengerov）在奥斯维辛集中营内，演奏巴赫第二号无伴奏小提琴组曲的第五乐章：《恰空舞曲》。他一边拉着琴，一边走过每寸土地。残雪未融的阴沉下午，集中营锈烂的铁轨上空，蚀骨般的琴声和呼啸的风声揉作一团。

传说《恰空舞曲》是巴赫为亡妻所作，开头凄厉，中间明朗，结尾哀漠。不知道这首曲子有没有维奥尔琴的版本，如果有，以我粗浅的认识，大概与玛德琳临终前由马林·马莱为她创作并演奏的《La Rêveuse》，有着同等的重量。

听得见的纳西索斯

一

古典音乐领域内有两位"舒姓"大师我始终混淆不清：舒伯特和舒曼。明明小时候学琴练过他们的曲子，近几年也分别听过他们作品的专场演奏会，照理说气质如此迥异的两人，应当很好分辨，可每次愣丢一段作品来，如果是我没弹过的，就算告诉我是二选一的送分题，我也八成答不上来。而且还有件奇怪的事，我总是羞于启齿：他们的作品听完后，我记不住，哪怕是其中两三小节，某个小乐句，我也记不住。

记不记得住，有没有心动，是我处理我与所有音乐之间的关系的唯一方法。心动就是像普鲁斯特写的作家贝戈特见到弗美尔《代尔夫特小景》中的"一小片黄墙"那样，感到天旋地转、时空崩塌、心跳加快、呼吸困难，有人谓之"司汤达综合征"，我本科一门诗歌赏析课的老师的用词是：如受电击。就是这个体验没错了。记不记得住，是另一项关键指标，它通常紧随"电击"之后，一首曲子即便第一次听，但凡能在听过一遍后"复述"一小段，便能证明——不是我记性好——说得玄虚点，这段小乐句与我心灵的振动频率一致，我在那里面听到了我自己。如同著名桥段"凡德伊的小乐句",斯万在那个小句子里听见并确认了他对奥黛特的爱情,往后的年岁中,无论何时何地,只要凡德伊的奏鸣曲响起,斯万心中就升起千千万万的温柔、激情、勇气和安谧。嗯,我听到德彪西和拉威尔的时候,也是这种感觉。

心灵不仅是孤独的猎手,还是理智的猎手,为我感知与辨识一件作品抓攫原始材料。而那些历史的定论,前人的评价,我向来是不信的,过耳即忘。高中的音乐老师告诉我《威廉退尔序曲》的美妙之处在于第四段:"小号吹出了金子般的声响。"那时我并没有认同他,现在也没有,我依然坚持金子的声音是属于长笛的,银子的声音也是,所以这首曲子我始终偏爱第三乐段。

留法的第一年,我在格勒诺布尔大学念语言预科,跟读文学系本科最后一年的课程。当时我最仰慕的老师是给研究生二年级开课的克劳德·科斯特(Claude Coste)教授,我经常翘了自己的课,钻进他的研讨课旁听。科斯特教授在罗兰·巴特研究领域内极富声望,尤其是做罗兰·巴特与音乐、文学与音乐的比较研究,并且科斯特教授与我本科时期的论文导师是旧相识,身边一些同侪好友遂劝我道:"你干脆别去巴黎啦,就留下来认科斯特作导师吧,你不是很喜欢罗兰·巴特吗,你不也弹琴吗……"我纠结了大半年,读了两本巴特的法语原版,认真且辛苦地听了一场舒曼专场,最后郑重告诉我的朋友:"不行,我是喜欢巴特,但我既读不懂巴特,也听不懂舒曼,更何况我现在还不喜欢舒曼……我试过了,喜欢不起来。"

有一种说法是，对舒曼的理解也是需要阅历去支撑的，有位长辈曾宽慰我："不如先把他搁置几年，等你过了三十岁再回来听，没准你就爱上他了。"诚然，审美有时间性，可能某些音乐讲述的内容超前于我已知的人生，我的经验还没有追上它。尼采说所有音乐开始变得神奇的瞬间，是你忽然听到它在使用你过往的语言进行讲述的时候。不能同意更多了，创作与审美究其本质是一个编码与解码的过程，舒先生们埋下的密码，我现在手头还没有能破解它的母本，所以让它暂且埋在那儿，我标个记号，过些年再给它掘出来。

二

我是个业余的钢琴手，也是个业余的长笛手。这句话的重点在于"业余"二字。打从我四岁那年第一次弹琴（那时还是电子琴）算起，直到今天，所有乐器对我来说都是玩具，是我最爱的玩具，角色定位非常清晰。这个清晰且自觉的定位，是我的妈妈替我完成的。刚上小学一年级，已经正式学习钢琴有些日子，钢琴老师建议我准备考级，她说我可能会是她带过的学生里最快考出十级的，所以最好尽早熟悉考试流程和规则。我自幼是个虚荣心强的小孩，回家赶紧把老师的话添油加醋地转述给爸妈，嚷嚷着去考级，成为天才儿童。爸妈自然喜出望外，老爸说报名费多少他来出，妈妈乐呵呵的没说什么，但过了几天她把我喊到跟前，正襟危坐地注视我的眼睛说："女儿，你要想清楚，钢琴对你来说到底是什么……考级这个事一旦开始，就得一级接一级考下去，你以后必须刻苦练琴，不能半途而废；但如果它是你的兴趣爱好，那就干脆不要考级了，一级也别考，弹你想弹的东西，开心就行。"当时七八岁的我立刻听懂了她的意思，自己原地闷头思考几分钟，坚定地选择了后者。现在回头想想，还真是幸运啊，当时的我是有选择的。我的妈妈真伟大，要不是她这道赦免令，也许就没有我成长过程中那些美妙绝伦的与乐器、与音乐相爱的体验。

所以后来当读到罗兰·巴特阐述他的"业余主义（l'amateurisme）"时，我简直想跳起来跟他隔空击掌。事实上

▲ 我写论文的工作台

很多弹钢琴的作家、哲学家，在技术技巧上不求甚解，并不严格遵从某些被规范、被约束了的节拍和指法，只是单纯地享受"解码"（déchiffrer）的乐趣。曾经看过一篇回忆纪德的文章，说他弹奏肖邦的曲子感情充沛，引人入胜，但论其专业度则差强人意。不应该这么苛刻的，我总觉得，纪德已经算是作家行列里钢琴弹得极好的了，相比之下，他的后继者罗兰·巴特可就"偷工减料"得多。他常常一首曲子只弹个开头，或者好几页纸的乐谱他跳着页码弹，我猜想他的心理活动很像王子猷雪夜访戴，乘兴而奏，兴尽而止，或者意兴阑珊之处零零落落地随手摁几个键，不执拗，不勉强，不为难。巴特还为自己辩护："我只知道解码，并不懂得演奏（Je sais déchiffrer mais je ne sais pas jouer）。"他的自我定位也十分准确：一个缺乏敏捷度的解码者（un déchiffreur sans vélocité）。

解码的快感的确奇妙：学习新谱之初，身体笨拙迟钝，举步维艰，逐字逐句破译音符与五条线还有各种标识合谋组成的符号系统，将其转化为手指与脚掌在键盘和踏板上的位置和运动路径，最后通过不计其数的重复，终于把曲子顺畅地弹出来，才算成功破译乐谱中的符号密码。但我学谱也跟巴特类似，朋友来家中听我弹琴总要指责我："一会儿这首弹一半，一会儿那首弹一半，你就不能给我好好弹一首完整的？！"很惭愧，还真不行。我挺擅长开头，但不是很会结尾。即使练过无数遍的看家曲目，行至倒数四到八个小节必定翻船，这是我唯一可以百分百确定的事。从巴特的理论中，我又为自己没有常性和定性的人格缺陷找到冠冕堂皇的理由：他提出一种"小蝴蝶"哲学（une philosophie du "papillonnage"），简言之，是像小蝴蝶一样上翻下颤、扑来腾去、闪烁不定、模棱两可、保持浮动的状态。当然这个理论原是概括一种阅读与写作的风格，但我自觉它精准总结了我过去二十几年的生活学习状态乃至审美偏好，否则也不会迷恋巴特的碎片式写作。

三

巴特也赞美演奏者在行进中，于某些节点所做的缓慢处理，偶尔的延迟甚至拖沓，呈现的是独属于演奏者自身的"内在节奏"。这种手法，意大利语里有个术语：tempo rubato。rubato 是偷窃的意思，tempo rubato 可直译为"偷窃的时间"，即演奏者有意无视节拍的严格框限，时而拉长某个音符，时而急速推进，而整体上并不影响全曲构架。最经典的例子要数肖邦《降B小调夜曲》（Op.9 No.1）的前四个半小节了，那一长串让人眼花缭乱的八分音符能吓退一半想弹肖邦的学琴者（比如我），因为每个音符的节拍不是恒定均等的，什么地方轻缓，什么地方骤强，全凭演奏者自己掌控，没有标准答案。怪不得柏辽兹要嘲笑肖邦是一个完全不能在节奏中演奏的男人，然而这种"没有节奏"的节奏恰是潜藏在规则之下的另一种节奏，一条无声涌动的暗流，亦即巴特所谓的，自一个人心灵内部向外浮现出来的"内在节奏"（idiorythmie）。巴特抵抗一切来自外部世界并强制施加在他身上的节奏，认为这种隐形外力是一种暴政，好比年幼的他为了跟上前方快步行走的母亲，不得不

亦步亦趋、踉踉跄跄，他为此感到不适，陷入慌乱与焦灼。类似的经历我们都有，不止孩童时期，而是在后来漫长的年岁里，一面不想长大、拒绝成熟，一面又过早且被迫地学会成人世界的法则，对自己"内在节奏"的听不到、不察觉、无意识、不自知，反倒是主旋律。

　　从小到大，我学琴没有用过节拍器，用了节拍器反而不会弹了。记得以前去钢琴老师家回课，她没事老爱开节拍器，轮到我展示的时候，我总被它啪嗒啪嗒的声响分了心神。实在太聒噪了，它搅得我心烦意乱，一心乱我就跟不上节奏，跟不上节奏就着急，一

▲ 巴黎歌剧院，巴黎交响乐团，柴可夫斯基专场音乐会

着急我就手脚打架，气得直拿手砸琴板。此后老师便给我破例，所有学员里只有我可以不用节拍器，"反正这孩子又不考级，随她去吧。"我猜老师一定这样想。然而跳出来看，这个细节何尝不是一种隐喻：大多数时候，我总是对约定俗成的常规抱持怀疑，也对笃定不变的事物怀有先天的畏惧，大概因为心里的那个声音太过强势，渐渐对外部世界"闭目塞听"了。我有一条信奉多年的座右铭："收视反听，专气致柔。"前半句取自《文赋》，后半句摘于《道德经》，其描述的状态很像李斯特对肖邦的评价："看这些树木，风在树叶间嬉耍，使得树叶起伏摇晃，但那棵树却不会移动。这，就是肖邦式的rubato。"

罗兰·巴特的"业余主义"，说白了就是把视线聚焦在演奏者自身，而非被演绎的作品及其完整度和规范度，说通俗些就是"你弹的是什么不重要，弹得开心最重要"。法语里指代钢琴单个琴键的名词是"toucher"，当它作为动词使用，意为"触摸，触碰"，跟英语里的"touch"同义。我以为这个关联很是微妙、诗意，甚至带有一点情色。一格琴键等于一次触摸。当我领悟到这层含义，我对钢琴的感情似乎演变为一种爱恋，而事实上，人与乐器之间也的确存在一种私密性，演奏乐器是人与物的相处，我用我的身体联动乐器的身体一起去把这首曲子亲自活一遍，让它活在我们的体内。说到底，不是音乐在我们的身体里振动，而是身体的振动形成了音乐。就像我曾在一篇小文章里写到的，这种经验是人肢体的曲折、心灵的褶皱、器物的属性，三者的合谋。法国学者弗朗索瓦·努德尔曼一语道破罗兰·巴特音乐观里的自恋倾向，称之为听觉上的纳西索斯（le narcissisme sonore）：水仙少年在钢琴的水波潋滟中照见了自己的身体，自己的心灵，自己的Ethos。

那些弹钢琴的哲学家们

上海的商场，不知道从什么时候开始，也时兴在公共区域，放置几台钢琴了。大多数爱乐者或者业余琴手，恐怕都难以抵挡小露一手的诱惑。街头的微型舞台，带给业余爱好者适当的表演感，他们从作为家庭活动的钢琴练习中走出来，面对陌生的注视，暴露自己，承担危险。进退自由，可以随时消隐在人群中，也可以散发星点光芒。我倒是从来没有公众表演的勇气，即使选择踩下弱音踏板，再现我的保留曲目，也无法完全适应被观看、被评价的境况。

在上海兴业太古汇二楼连接商场和写字楼的廊桥中间，也有一台公用钢琴，那里相较来说人迹罕至，于我安全，偶尔路过，便会坐下弹一会儿。某天夜里，临近商场关门时间，我参加完三楼的媒体活动，下到二楼发现周围无人，忍不住走近那台钢琴，把双手摆到琴键熟悉的位置。我开始弹德彪西的《阿拉伯风格曲》（第一首），自十几岁起就反复练习的曲目。钢琴键盘反应灵敏，我试着把手腕降低，用更轻的力度触键，手指在黑白格间缓步游荡。我需要一边完成规定动作，一边保持聆听。

聆听通常是滞后于演奏的，因为聆听涉及思考和取舍。我始终好奇那些我所欣赏的钢琴家们，是否在紧张的舞台表演中，依旧能够做到收视反听，及时自我校准。当我努力这么去做的时候，音符的行进速度显著慢于平时，即使在这个现场，没有属于我的观众，逻辑自洽的演奏对于业余选手来说，终究是一件过于

◀ 巴黎爱乐音乐厅一角

困难的事情。聆听使我分心，思维一旦出现卡壳，手指也在预料不到的地方停顿下来，强迫自己继续就会弹错音，未经审视的演奏因此变得令人沮丧。或许这就是业余爱好者与职业钢琴家之间难以逾越的鸿沟了。

我决定不再为难自己，接受自己原始且粗糙的琴技，我开始弹肖邦的第15首前奏曲《雨滴》，以练习者的日常状态。不久以前，美剧《王冠》第三季第九集中，首相爱德华·希思的饰演者回到他的府邸，坐在钢琴前演绎《雨滴》转入升C小调段落的剧情，使我重新发现了这首乐曲。这个阴郁冰冷、低沉厚重的乐段，他弹得极度缓慢，展现出一种我此前从未察觉到的思想性：困住右手的固定低音，艰难上行的内声部，庄重如奥古斯丁之忏悔，静穆如拉奥孔之哀痛。或许是因为剧情本身与某些严肃的历史事件相关，我从这段以蒙太奇手法铺陈的音乐里，获得了前所未有的聆听感受。

于是我在家中翻出肖邦前奏曲的乐谱合集，带着全新的感知经验，重又练习《雨滴》，试图复现它被赋予的思想性。我的二度学习不再起于乐谱的第一小节，我直接从第28小节开始，找到最符合我表达意图的速度、音量和rubato（自由节奏），然后再依此倒推整首曲子的首尾两个部分，在保证逻辑通顺的基础上，重新建构它们高音区的明亮度，直到最终形成独属于我个人的演奏风格。

说来也好笑，一个家庭级别的练习者竟然怀抱着拥有个人风格的野心，而很多时候我们甚至不能分辨他/她仅仅是完成了乐谱还是真正掌握了公开演奏的能力。我把太古汇二楼的廊桥当作检验个人风格的现场，尽管所谓的检验，本质上仍是一种纳西索斯式的观水自照。

弹琴的人，脑中所设想的，双手所实现的，听觉所接收的，内心所感知的，并不天然处于互相打通的状态，每道环节都需要经过转译，转译必定造成新的偏差和误解，因此我以为，成熟全面的演奏者不仅让这条路径畅通无碍，而且能够最大程度减少信息误差，这是他们真正的职业。不过我对自己早就不做这些要求了，专业演奏不是目的，目的是保持业余，获得纯粹的愉悦和理解世界的另一个维度。兴之所至，尽其在我，如此已矣。

乐曲终了，我松开脚下的延音踏板，提起地上的背包，准备离开。毫无防备地转过身去，我才惊觉不知道从什么时候起，我的身后竟然站着一位观看的人。似乎是下班路过的公司职员，三十多岁的模样，西装革履，倚靠在落地窗与廊柱的夹角间，浅蓝色衬衫领口敞开两粒纽扣，胸前口袋上沿露出工牌一角。

他与我对视，我呆愣在原地，对视意味着质询，他率先开口道："我想问一下，你刚才弹的是什么曲子？"

我如实相告。

"很好听，很美，我忍不住停下来听了一会儿。"或许他认为有义务反馈自己的感受。

"谢谢，我弹得不好，还在练习……"

"你是音乐学院的学生吗？"他并不掩饰对我的好奇。

"不是，我已经工作了。"我感到羞愧。

他显得有些迟疑："我可以知道，你是做什么的吗？"

"不重要，"我说，"我是一个音乐爱好者。"

应当坦言我在弹钢琴这件事上，有一些不算常规的模仿对象，比如让·保罗·萨特，还有罗兰·巴特。很多年前阅读过一本奇书《哲人的指触：萨特、尼采、巴特与钢琴》（*Le toucher des philosophes: Sartre, Nietzsche et Barthes au piano*），听说它的中文版正在紧锣密鼓地筹备出版中，将来可能会由华东师大出版社公开发行。

书中描述了几位哲学家的音乐实践，令人窥见他们不为世人熟知的其他侧面，比如萨特，这样一位站在比扬古的油桶上为工人群体振臂疾呼的社会活动者，却在女性友人的家中暧昧地弹奏肖邦"夜曲"，沉湎于资产阶级神魂倾倒的浪漫主义审美之中；比如尼采在哲学研究之余，创作了大量模仿舒曼风格的音乐作品，狂热拥抱瓦格纳之后，又向瓦格纳剧烈倒戈，以同样的激情顶礼赞颂比才与肖邦，甚至自绝于日耳曼民族的文化根系；再比如偏爱肖邦和舒曼的罗兰·巴特，致力为"业余"身份正名，声称自己不擅长演奏，却痴迷于视奏（法语用词为"déchiffrer"，亦有解码之意）乐谱的乐趣，抛开所有符号与结构的法则，寻找独属于自己的"内在节奏"。

哲学家中不乏音乐素养极高的实践者，除了萨特、尼采和巴特，卢梭、维特根斯坦、阿多诺、扬科列维奇皆属此列，他们不仅评论音乐、演奏音乐，甚至自发地创作音乐。当然如果非要解释这种哲学与音乐缠绕的现象，我们通常会说，一切源于对音乐最原初的爱与热情。

　　阿多诺甚至在其著作《否定的辩证法》中论证了
哲学与音乐与生俱来的连襟关系："哲学既不是一门科
学，也不是实证主义以一种愚蠢的矛盾修饰法来贬损
它的那种'沉思的诗'。它是一种把不同于它的东西中

介起来同时又与之相区别的形式。它的悬而未决状态不过是它本身的不可表达性的表达。在这一方面，哲学是音乐的一个真正的姐妹。"

两个不可言说者的相互言说，我是这样理解阿多诺的观点的：当哲学论述真理内容的时候，它所使用的词句早已脱离我们日常语言的范畴，就像音符为崇高的乐思服务，真正的音乐也超越了我们的日常感觉经验，尽管我们能够识谱、能够辨认每个字，从文本和声音信息进入真理观念的加工过程中，理性与感知共享着相同的上升路径。法国当代作曲家帕斯卡尔·杜萨宾（Pascal Dusapin）2007年在法兰西学院的讲座中谈道："音乐不自说（dire）……对于音乐，我们也从来不说什么，言说音乐本身是荒谬的。当音乐不可说，我们所做的只有谈论（parler）音乐。"

谈论音乐，我们于是发明了音乐评论，它是在音乐自身的修辞法之下构建的次一级的解释系统。而在音乐之外，人们很难讲清楚音乐，这也就是为何在乐评界盛传一种迷思，即你不懂得如何读谱和演奏，你便没有资格论说音乐。黑格尔认为"美是理念的感性显现"，假如我们最终的目标都是关于美的理念，那么哲学、诗歌或者其他艺术形式，它们作为不可言说自身的事物，却恰恰可以基于"互文性"言说彼此。因此康定斯基和保罗·克利，甚至斯克里亚宾，才会不遗余力地，借助各自的创作实践，去验证所谓"联觉"或者"通感"这回事的成立。

尼采创作的乐曲，尤其是钢琴独奏，出人意料地，饱含着甜美与柔情，充满不合时宜的沙龙情调，尽管在那个时代已经出现无调性的先声，德国式的浪漫主义英雄迟暮，瓦格纳同他的追随者们高举现代性的利剑，而我们这位与上帝决裂的哲学狂徒却依然在他的音乐写作中，留守在旧贵族的往日荣光之中，用平庸的曲式和过于精致的和弦，悉心编织他所眷恋的"自由、美、高贵、优雅"，那些他从舒曼和肖邦的音乐里继承下来的东西。

许多"半路出家"的创作者，为了让自己的作品获得赞许，也为了赢取艺术家的身份，往往选择模仿其所处时代普遍被认为"正统""经典"的形式和风格，他们没有能力带来先锋性的变革，因为他们无法觉察破与立的边界。尼采早年创作的《降B大调玛祖卡》，近乎是肖邦《降B大调玛祖卡》（Op. 7 No.1）的抄袭之作，尽管前者以二拍子为节奏，但其旋律的发展与后者并无二致。

1872年，尼采怀着成为著名音乐家的野心，将他创作的《曼弗雷德沉思》寄给指挥家彪罗（柯西玛·瓦格纳的前夫，时任慕尼黑皇家歌剧院管弦乐团总监），并附加了一封阿谀奉承的长信，以自我贬低的语气讨求这位"正统"指挥家的认可。然而彪罗的回信无疑带给尼采一记暴击，彪罗充满恶意地嘲讽道：请您回到您的书，回到您的语文学，请您不要再涉足音乐了！他唾弃尼采的乐思，认为他的音乐是"可憎的"，是一场"强奸"，一种"野蛮的癫狂"，一次"道德秩序中的犯罪"。

当时的尼采，还没有开始反对瓦格纳，他从古希腊悲剧中提炼出狄奥尼索斯的狂欢精神，注入《曼弗雷德沉思》的字里行间，然而他对瓦格纳过于激进的仿照，无疑使那位指挥过《特里斯坦与伊索尔德》的音乐总监感到某种不自量力。后来的剧情，我们都知道了，尼采背对着瓦格纳，走向了肖邦式浪漫理想的复辟。我倒是觉得，尼采在音乐创作中的笨拙与自恋倾向，还蛮可爱的，至少他并不总是"查拉图斯特拉"那样高不可攀的先知形象，哲学或许是他音乐实践的一种更完美的体裁。

尼采哲学之天才与尼采音乐之平庸，让我们看到这位思想者人格之复杂性。已知的尼采的七十部音乐作品，涵盖了从器乐到声乐，从交响到合唱的各种类型，他甚至还写过一部弥撒曲，一首安魂曲，一部清唱剧，一首《垂怜经》……作为尼采的哲学读者，我是万万想象不到他竟然会创作弥撒曲和安魂曲！

如此庞大的割裂在萨特身上也有显现，身为距离浪漫主义更遥远的，活跃在现代主义乃至后现代主义时期的人物，萨特却在隐秘的私人领地，豢养着他对病态、堕落、忧郁的癖好。萨特在中篇小说《恶心》中借罗岗丹之口，泄露了他在肖邦《前奏曲》中体验到的愉悦："音乐厅充斥着被羞辱的人、被冒犯的人，他们紧闭双眼，试图让自己惨白的脸庞变成接收天线。他们想象着被捕捉到的声音在自己体内流动，温柔且有益，还想象着自己的痛苦变成了音乐，就像少年维特的那样；他们相信，美会怜悯他们。这些傻子。"萨特把自己也一并当成讥讽对象，你同样无法想象，这位存在主义斗士，竟然穷其一生都在钢琴演奏中追寻来自母亲、来自女性的温情。

我在网络上找到了萨特弹奏肖邦《G小调夜曲》（Op.15 No.3）的视频，蒙巴纳斯某间公寓的书房角落，萨特断断续续地视奏乐谱，陪伴在他身旁的是阿莱特，萨特的养女兼疑似情人。这首曲子被他处理得极为拖沓，缓慢到旋律几乎支离破碎。萨特不像尼采，他没有成为音乐家的野心，甚至未曾设想任何形式的公众表演，他同罗兰·巴特一样，坚持弹奏钢琴绝对的私密性。他的指法完全反叛古典主义的传统，你见不到指尖垂直敲击键盘的手型，他只是在触摸，用指腹和关节贴合象牙琴键光滑的表面，然后抚摸、滑动、掠过，轻描淡写，点到即止。他对乐谱没有霸道的控制欲，仅仅是在跟随一个潜伏的内在倾向。

我反复观看视频，骤然意识到，萨特与他的钢琴之间，存在某种互相挑逗的关系，或许萨特也是以相同的方式触摸西蒙·德·波伏娃、阿莱特·埃尔卡伊姆、米歇尔·维安、旺达·科萨基维茨的皮肤。萨特与女性友人暧昧的交往，萨特对母亲的怀恋，同他的钢琴弹奏之间，建立了微妙的联结，或许钢琴是他对现实的逃避，钢琴是他的脆弱与乡愁，所以难怪他振振有词地评论先锋音乐，分析泽纳基斯和斯托克豪森的作曲，背地里却挚爱肖邦，保守个人音乐品味的秘密。

罗兰·巴特似乎在前两者之外找到了更舒适的立场：作为业余主义者，弹个大概，装装样子，没有企图，不预设结果。弹奏钢琴对于巴特而言，只与面向自我的内在对话有关，他在电视采访中直言，每天他都会弹半个小时钢琴，就像坚持运动健身一样，目的是放松身体肌肉，训练关节灵敏度。

　　或许巴特是在哲学与音乐实践之间真正达成了统
一性，他提出"零度写作""文本的愉悦""断片式写
作"，与他的音乐观分别对应。他反对把音乐转变为
技术，厌恶那些过于强劲有力的演奏，主张主体与音
乐的爱慕式关系；他为一种闪烁不定、模棱两可、漂
浮朦胧的"小蝴蝶哲学"辩护，引入了切分音、减慢
速度以及怪诞的延长音；他欣赏视奏中的"脱轨"和
"意外"，审视手型的笨拙、速度的滞碍、触键的失衡，
从中捕捉未被规训的直觉和童年记忆。

　　过去很长一段时间内，我是巴特忠实的阅读者与
研究者，不可避免的是，我的钢琴练习受到他最大程

度的影响。收视反听、自我观照、追寻愉悦，放弃阐释和演绎，放弃语言和符号系统，充分肯定感觉的价值……尽管这在我的钢琴教师眼里属于彻头彻尾的不务正业。

说到底，审美与他人无关，学习知识、掌握工具最终是为了返归内心，找到"内在节奏"，将自我主体性聚拢，确认自身的存在。我又想起那句李斯特对肖邦的评述："看这些树木，风在树叶间嬉耍，使得树叶起伏摇晃，但那棵树却不会移动，这，就是肖邦式的rubato。"树是从土壤底层钻出来的，依靠内在力量自觉生长，它有先天的来处和方向，无论枝杈何其摇曳，总有它之所以是它的主干。

莱昂纳德·科恩的伴唱

鲍勃·迪伦说过，如果我必须当一分钟其他人，那个人很可能就是科恩。我在想，如果可以当一分钟其他人，我希望会是科恩身后的伴唱。凝望他不再挺拔的脊背，定点光下近乎透明的银发，随同他的深情和深沉，款款起伏，被允许将自己的吟唱与他的声息汇流在一起，天啊，那该是多么幸福的事。

第一次听科恩，大约十年前，《Dear Heather》专辑里的《The Letters》，惊为天人。最初几年吃不进去歌词的意思，仅仅被节奏、旋律、配器，还有科恩岩石般的嗓音粘住，数不清十年里这首歌被循环过多少次。建了好几个科恩的歌单，不知该听什么或者听什么都不对的时候，点开列表循环，打头第一首，永远是《The Letters》。好像有个遥远的老朋友，同学少年时代相识，如今他坐在冬天的炉火旁，展开一封翻起毛边的信，念给我听——亲爱的某某，见字如晤，许久未见，你还好吗？——这里天寒地冻，山高路远，荒原里升起白烟，大雪落满了冰湖。

喜欢写信，也喜欢收信，我的朋友大多知道，也陪我玩过等待的游戏。科恩另一首书信体的歌，《The Famous Blue

Raincoat》，开头写道："现在是凌晨四点，十二月的末尾，我给你写信，想知道你最近是否安好；纽约很冷，但我喜欢我住的地方，克林顿大街上整夜飘荡着音乐。"歌词行至最后一句，剩下科恩悗悗的絮语："Sincerely, L. Cohen."20世纪70年代，科恩唱它的时候，还是一副直率、无畏、刀锋凛冽的嗓子，那个愤世嫉俗的嬉皮士，会因为羞怯、敏感，颤抖如秋天的树叶，你能听见一些喧嚣艳丽的故事，潜藏在那张神似阿尔·帕西诺的脸庞之下。

想做科恩的演唱会现场伴唱，成为他书信中的一串标点。

▼ 里斯本的公交车上

科恩的嗓音逐渐苍老后，歌曲里经常出现莎朗·罗宾逊（Sharon Robinson）的声音。起初我并不认识后者，乍听还以为是位年轻男性。那个声音有时清澈、纤细、轻佻，与科恩粗粝的声线交缠游绕，令人不禁想起电影《魂断威尼斯》里面，老者追随少年穿梭于威尼斯狭窄街巷之间的场景——衰老与青春，一对迷人又美丽的并置。或许，莎朗·罗宾逊那一丝仿若年轻男孩的轻佻，正是科恩所需要的，他把它埋藏在水下，时而浮显，时而潜底。

科恩究竟是不是坦然接受衰老的呢？这或许是个可以详细展开讨论的话题。《Going Home》的歌词中有一段值得玩味的自述："我喜欢与莱昂纳德交谈，他是个冒险家和领路者，他是个懒惰的混蛋，住在西装里。"曾经乖戾顽劣、不可一世的他，是否可以被理解为，并没有在时间中退场，他只是变成了莎朗·罗宾逊的声音，依然站在年长的科恩身后，始终在场。无法想象，假如《In My Secret Life》里面只有科恩一人发声，那该是多么沉闷，多么虚弱，甚至可能有些啰唆、唠叨。

2008年科恩世界巡回演出的伦敦场，莎朗·罗宾逊的声音也变得温厚低沉了，不见轻佻，而似丰沛的暖流，缓缓没过科恩这片掺杂砾石的沙滩。伦敦现场版的《Boogie Street》，倒像是科恩浅吟低回，给莎朗当了回伴唱。莎朗的演绎，听上去是有痛意的，然而2001年专辑里的版本，却俨然一派声色犬马的气象，让人忍不住忆起纽约流光溶溶、乱花迷人眼的夜晚。

没能够去到科恩的演唱现场，是我的一个遗憾。2016年末尾，专辑《You Want It Darker》正式发行后的第三天，我在巴黎地铁站拥挤的过道内匆忙瞥见他的巨幅海报，回到家立刻上网购买数字版专辑，关掉所有灯静躺在床上，从头至尾听了一遍。仿佛置身于中世纪的哥特式教堂，盛大的弥撒现场，满地是跳跃的耀眼烛光，管风琴与唱诗班的混响织成密网，祭台下方中央，佝偻的老者双手合十，他说："I'm ready, my lord."（当时听到这句词的我，心里重重地咯噔了一下……）

两周后，手机收到新闻推送：加拿大传奇歌手、诗人莱昂纳德·科恩，于美国洛杉矶逝世，享年82岁。感觉好像失去了一位老友，一位相伴多年的长辈。

两年后，我走在加拿大街头意外撞见另一张科恩的巨幅海报，赫然悬挂在摩天大楼的外墙上，我惊诧地站住，回过神来依旧是怅然若失。大学三年级那年，我用一本科恩的诗集，从一位诗人朋友手里，换来了一套沈从文全集，现在我很想把它再换回来。

伊比利亚的忧郁

　　道拉多雷斯大街上的会计职员，伯纳多·索阿雷斯，安心囿于他的办公室，深陷日复一日的单调，他却偏说自己被这单调护佑：聪明人能从乏味、琐碎、重复中探测到欢娱，享乐于时间飞逝、人世流变、岁月无尽——"如果梦中的国王属于我，我还有何可梦？如果我拥有那些绝无可能的水光山色，那么还有什么东西可为幻影？"他说。

　　我不同意，我从来不在想象中旅行，想去什么地方，无论等待多久，一定会抵达，即使终其一生，没有实现这次抵达，我也始终在为出发做准备，不像索阿雷斯，他根本放弃了抵达，只为守住一个让自己原地停留的理由。害怕幻想中的风景一经审视，从此便再也梦不到它了，这是何等浅薄愚蠢的念头。我的经验与之相反，去过的地方，看过的风景，旅行结束后回想起来，竟然比我动身之前，显得更渺远、更虚幻、更脆弱，也更频繁地出现在我的碎梦中。当我同索阿雷斯一样，囿于重复琐碎的日常，在办公室的小隔间内，编织水光山色的幻梦时，仅仅因为那些地点我曾经真实地造访过，幻梦带给我的便不再是惶然，而是怅然了。

此刻我又坐进剧院观众席里，这个我用来做梦的祭坛。今晚的主角杨雪霏，她就像是被扔到了祭坛中央。宽阔空旷的舞台，只亮着一束顶光，她没有同伴，孤绝无援，一袭粼闪的丝绸红裙，一把笨重的古典吉他，是她全部的装备。跟官方发布的照片相比，实际看上去，她显得娇小瘦削许多。演出方为她安排的场地大得离谱，上千个座位一圈又一圈，把舞台团团围裹，在无数双眼睛层层叠叠的注视下，她与那把吉他相依为命，仿佛一尊雕塑，从上场到落幕，始终保持固定的姿势：她佝偻着上半身，脊柱与脖颈连成一道纵向的弧线，颀长的双臂环绕吉他，构成另一道横向的弧线，她抬起左腿，脚踩在矮架上，膝盖托住琴身。这把琴被搁进她的身体结构中，两者共同塑造了一个新的封闭的整体——演奏者经过一定程度的"变形"，让乐器成为他身体的延伸组织，更彻底地说，使它成为一个外部发声器官，一个半侵入式的义体，演奏者赖之以生存。

不知道爱德华·德加面对弹吉他的西班牙音乐家洛伦索·帕甘斯（Lorenzo Pagans）时，是否也像我凝视杨雪霏那样，凝视着他的身体姿态，犹如观察一座雕塑，所以才会把他奏乐的现场画下来，以静物写生的笔调。我的脑中浮现洛伦索佝偻的脊背，弯折的手臂，架在腿上的吉他……眼前的杨雪霏，手指在琴弦间疾速游移，转轴拨弦，嘈切错杂，置身在国家大剧院音乐厅清冷的正中央，她弹的却是缠绵热烈的西班牙舞曲《塞维利亚》《大霍塔舞曲》《阿斯图里亚斯》，一半是地中海的水波，一半是伊比利亚内陆的火焰。这些鲜活旺盛的乐曲，应当发生在casa或者café里，昏暗的小酒馆，嘈杂的咖啡店，行人穿梭的马路边，绝非远离它们原生土壤的严肃殿堂，因为在我的想象中，佳肴宴饮、歌咏舞蹈、恋人私语，必须是构成这些音乐的要素。

我闭上眼睛，脑中勾画与之相应的情境。杨雪霏的琴声，能将我生命中所有在伊比利亚半岛度过的阴天全都串连起来，古典吉他的音色终究不够浓情蜜意，即使弹奏急促激昂的曲调，配上风姿摇曳的唱词或舞蹈，它的低声部总是呈现阴沉欲雨的气象，每个音符是坠落水面的雨滴，滑溜地敲出个半圆，降下又升起，没有溶解消隐，也没有迸溅水花。以前去西班牙和葡萄牙，恰巧每次都是在冬季，最枯寒的时节，里斯本、波尔图、巴塞罗那这类城市，晴天阳光直率却不灼烈，阴天寂冷却有温润海风，虽然我从来没有见过伊比利亚半岛夏天的模样，但这片土地就像她所孕育的音乐一样，擅长在浪漫中制造一种忧郁。

结合浪漫与忧郁的典范，不得不提到葡萄牙的民族音乐法朵（fado）。fado一词，源于拉丁文fatum，有"命运"之意，也是这种音乐讲述的核心主题。来到里斯本的旅人，不可能不对这个大街小巷随处可闻的音乐类型印象深刻。我粗略统计过，一天之内，我曾在四处不同的地方听到法朵，有时仅以吉他或鲁特琴演奏片段，有时伴随人声唱和。

在近距离听到这座城市之前，最开始我看到的里斯本，犹如上帝打翻了颜料的画布：蔼蓝色的海水，绯红色的屋顶，茅黄色的有轨电车，绢绿色的街角书报亭……何其热烈，丰盈，活色生香。倘若只是见过旅行的相片，你很难想象她还有沧桑悲凉的另一面。

抵达里斯本的第一天，刚钻出机场快线的地铁站，我便迎头赶上一场急雨。市中心商业广场的行人，各自遁入邻近的店铺，我迅速冲到出站口对面的雨篷底下。还没整理好心情欣赏雨中街景，就听到旁边传来琴声，一位身型高大的中年男人，站在地铁口毫无遮挡的广场中央，弹着吉他唱着歌。脚边打开的琴盒，寥寥几枚硬币中间，已经长出了雨水的浅滩。古时游吟诗人也会这样风雨无阻吗？我听不懂他正在咏唱的词句，他面带微笑，琴声同雨声一样清脆淅沥，广场

▼ 里斯本街头

周围的人们向他行注目礼。

午后天光微露，我沿步行街走到老城南端的海堤，滨海大道游人如织，短暂浮现的彩虹让他们异常兴奋，拍照、录视频，拥抱亲吻。我漫无目的，朝四月二十五日大桥的方向散步，直到在一位老者面前停住。他看上去不算太年迈，尽管白发星星点点；他也不像一般的流浪歌手那样家当齐全，引人侧目；他独坐石凳边缘，拨弄一把梨形吉他。那把吉他的声音，与普通的民谣吉他略有不同，高音更凄切，低音更沉闷，细若游丝却偶有妖媚。后来我才知道它是本土特制的葡萄牙吉他，专门用于法朵演奏，缺乏人声伴唱会显得单薄纤弱，可在当时，在那片阴冷潮湿的海滩边，飘荡的雨丝风片，婉转的路人耳语，正是琴声恰如其分的注解。

夜幕初降，海港灯火零落，我循着暖意绕回老旧的市区，碎石子铺成的街道，随处可见漫游的黑影，橘黄色光晕下，我们共享同一个秘密：天黑之后即刻化作孤魂野鬼，怎样的心情都允许被谅解。欧洲古城的夜晚，地图软件总是不够灵敏，我远远望见一座瞭望高塔，终日繁忙的圣胡斯塔升降机已经打烊，此刻它成为迷途旅人的路标。升降机脚下围聚一圈年轻人，白天小商贩霸占的纪念品摊位，眼下被民谣乐队取代，他们合唱的流行曲比国际歌还要广受呼应。坐在台阶上的人们，肤色、语言混杂，来自世界各处角落，音乐响起的时候，不约而同地摇头晃脑，搂住身旁陌生人的肩膀，与对方交换温柔沉默的目光。

我没有忘记返回城市是为了觅食，这类临时的嬉皮士据

▲ 里斯本老城区

点并不能留住我。钻进狭长的街巷，路面湿滑，碎石方砖坑洼不平，步速必须放缓，轻薄的雾气悄悄沉降，笼罩整片安静的街区。在冬夜，一位旅人该如何安置自己？需要首先找到遮蔽严寒的屋檐，我想给自己找个烟火温暖的地方，然而手机信号差，只能用眼睛扒着沿街的窗户，让直觉告诉我应该推开哪扇门走进去。一家名叫Afonso O Gordo的餐厅，门前挂有卡通招牌，店内陈设古朴，墙壁是红砖搭的圆拱结构，清冷无人，门上贴着密密麻麻的海报，其中一张日期标注今晚，有本地法朵歌唱家与乐队的演出，我意识到时间将近，

于是推门而入。我对服务生说，我需要用餐也希望观看演出，他带领我横穿空荡荡的餐厅，顺着螺旋楼梯，下到地下一层，我才惊觉这里别有洞天：洞窟形态的石室犹如巴黎十四区的地下墓穴，封闭的空间内食客满座，杯盘刀叉琳琅交错，反射桌面跳动的红色烛光。我被引入离舞台很近的座位，点了杯红酒和一份火腿芝士拼盘，等待歌者与乐手到来。他们登上舞台的时候，所有喧声停息下来，一把葡萄牙吉他与一把西班牙吉他各自就位，身着黑色连衣裙的女歌唱家，低头摆弄衣襟上那枚白兰花流苏胸针。

演出开始前，我借用餐厅的无线网络搜查法朵的资料，它对我来说还很陌生，我以为会像弗拉明戈舞曲那样激情洋溢，不掺一丝阴霾，Pinto de Carvalho 在《法朵的历史》(*Historia do Fado*) 中写道：法朵的歌词和音乐"反映出人生无常的波折，不幸者多舛的命运，命运的嘲弄，爱情的锥心之痛，沉重的失落或绝望，沮丧的啜泣，渴望的哀愁，人心的善变，难以言喻的心灵交会，短暂相拥的爱恋时刻"。海洋的性格，衰落的航海时代，无数离奇悱恻的传奇，都刻进了法朵的基因，即使听不懂歌者的语言，也知道他们在述说离别、思念、遗憾与无可奈何的宿命。要知道法朵之于葡萄牙人而言，是家喻户晓的存在，它甚至被抬升至民族音乐的地位，而我的疑问是，为何在一个国家，让普罗大众陷入痴迷的音乐，本质却如此凄婉萧瑟？葡萄牙用她的明媚笑靥吸引全世界游客，可来到这里我才发现这片土地底色悲凉，这个民族热爱悲歌，我唯独听见她忧郁的叹息。

晚上的演出，配器与人声间形成诸多反差，两位吉他手都是面貌青涩的小伙子，独唱女歌手临近知天命的年纪，体态丰腴妩媚，长发垂腰，两眼神采奕奕。这个组合很像一位饱经风霜的母亲，给晚辈讲多年前的爱情故事，年轻人浪漫多情，在故事里心碎不已，用凄美空灵的吉他乐声做出回应。歌者却带着戏谑与自嘲的口吻，声音浑厚、坚实有力，仿佛她的故事与自身无关，就连歌声里的哭泣也不是那种故作隐忍的幽咽，而是理直气壮的情感冲泄，但这种冲泄并不会使她虚脱，她始终保持从容自若。琴声与歌声彼此融合，前者负责纯净清澈，后者则不能太无邪，需要有些沙哑，饱含岁月，听得出生命的刻痕。葡萄牙歌唱家Dulce Pontes的描述，我认为极其精准，她说法朵"是一种非常特别的音乐，用来表达自我，几乎像宗教祈祷一样。它不见得是哀歌，但是就某个更深的层面而言，它让你的灵魂赤裸"。

里斯本之旅的最后一站，我为自己安排了一个下午，参观诗人费尔南多·佩索阿的故居。如同我听不懂法朵的歌词，佩索阿的房子，外墙用深灰色喷漆，写满了我看不懂的葡语词句。但我知道这座房子，每块

▼ 佩索阿故居的展品

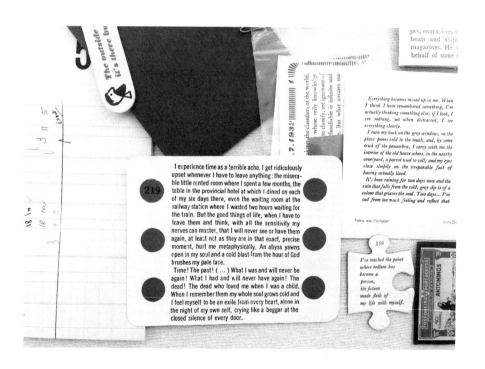

发霉的地板，每道枯裂的墙缝，每扇散落烟灰的窗户，都曾被佩索阿的思想触摸。他与世界的关系，他在幻梦中实现的旅行，他作为小职员的疲惫生活，他对存在的质问，他对里斯本的爱与怨……充斥这些阁楼和非阁楼的空间，结成密不透风的藤网。佩索阿的诗篇与法朵天然气质相投，当代葡萄牙歌手Mariza曾经尝试将两者结合，创作出不少经典歌曲，其中传唱极广的一首，《人民的音乐》(*Há uma música do povo*)，改编自佩索阿未出版的同名诗作。它的文本几乎是为法朵代言，加入佩索阿标志性的神秘又疏离的气质，使我错以为自己终于听懂了这种音乐，实际上却跌入了真正难解的迷惘之中。Mariza的编曲与演唱，有意将听者抛掷于荒无际涯的海面，前后没有可以停靠的港口：天光晦暗，风雨憔悴，厉声呐喊，无人应和。

> 有一种属于人民的音乐
> 我不能说它是不是法朵，
> 听着它，会有一种新的节奏
> 在我的存在里新生。

> 我听到它，我对自己说
> 它是我希望成为的样子。
> 这是一种朴素的旋律
> 从此我们便可学会生活。

> 但这空荡哀伤的歌曲

可以给人如此的安慰，

让我的灵魂不再哭泣

甚至感受不到我的心脏。

我是一种奇异的感情

一个逝去的梦犯下的过错，

无论我以何种方式演唱

我在此中终结一种意义。

　　无论是佩索阿的诗歌，还是我所聆听的法朵，我认为它们都表达共同的内涵，即是在命运的荒诞面前，被抑制的生命力量，一种"明明可以但却不能"。

远方的钟声

1. 基辅的大门 : 穆索尔斯基《图画展览会》

在纸上落笔第一个字，同在琴键上敲出第一个音符，有时很类似。思绪的轮转，感官的调度，运动的发展，字句的生产……创作机器一旦开启，便是踏上冒险之旅，道路清晰却前途未卜，荆棘沼泽隐现，方生方死，孤绝无援的旅人，深入极境又要全身而退，不见终止符不能停下。难怪心理学家奥斯特瓦尔德（Peter Ostwald）以钢琴家格伦·古尔德为例，分析职业生涯同精神疾病的关系，要说这种不断被审视的演奏生活带给音乐家的塑造几乎是摧毁式的 :"日复一日，孤悬于舞台之上的极端处境，迟早会如恶魔般擒住表演者内心的脆弱。"光是这一个论点，就足以说服我们继续留在现场，聆听即时的音乐，观看表演者如何脱离常轨，如何化解困难，而不仅仅蜷缩在书房的沙发里，收听臻于完美的机械复制的录音唱片。

可惜年轻的意大利钢琴演奏者丹尼尔·阿斯彭显然没有找到属于自己的化解办法，个人独奏音乐会的上半场堪称绝顶灾难，除了由某位意大利当代作曲家创作的一组不知所谓的练习曲，他为我们贡献了一次，对于贝多芬第八号钢琴奏鸣曲《悲怆》，毫无借鉴价值的演绎。我不禁猜想上半场的曲目是不是主办方或经纪人，出于吸引大众眼球的企图，临时强加给演奏者的任务。阿斯彭的表现幼稚、生硬，风格模糊，逻辑不通，像一个汇报演出中害怕犯错的琴童，只关注当前的难点和即将到来的下一个难点，丢失了中间地带。几条对位旋律线彼此割裂，延音踏板的处理仿佛猛然下坠的断崖，甚至为了极力营造一气呵成的观感，许多音符没有交代清楚，倏忽而过，故作轻巧，顾此失彼。我认为至少就这首《悲怆》来说，演奏者仅罗列了乐谱，并未构成音乐。

如坐针毡的上半场，我数次想要起身离席，伴随着频频皱眉和频频摇头，勉强支撑到中场休息。幸好下半场不负所望，这也是我此行的真正目的：穆索尔斯基的《图画展览会》。从前听过拉威尔改编的交响乐版本，没有听过钢琴独奏版的现场演绎。整个晚上，年轻的演奏者阿斯彭为我们展示了他的技巧是多么片面，羽翼单薄，能力偏狭，然而他的局限性恰恰是契合《图画展览会》的，好比两枚齿轮暗自咬合。他的抽风式重低音、断崖状踏板音效、割裂的对位效果，赋予曲目别样的戏剧感，可谓是绘声绘色了。听得出来，对于这套音画组曲，阿斯彭确实曾经潜心钻研，并且也形成了极具个性的深刻洞见，那些放在《悲怆》里显得不合时宜的小设计，到了下半场都变得顺理成章，尤其当他弹到《侏儒》《牛车》《两个犹太人》《鸡脚上的小屋》这些富于叙事性的短篇时，他将那种兼具阴沉诡异与诙谐风趣的微妙神态，传达得淋漓尽致。

穆索尔斯基创作《图画展览会》，是为追忆英年早逝的挚友，俄罗斯艺术家、建筑师、插画家维克多·哈特曼（Victor Hartman, 1842—1873）。二人的共同好友，艺评家斯塔索夫，在哈特曼逝世后曾为他举办一场画展，展出哈特曼的绘画遗作，作品类型以水彩和素描为主，主题内容广泛，包括肖像画、风俗画、建筑图纸、设计手稿以及欧洲旅行期间的风景写生。而穆索尔斯基便是从中汲取灵感，依据画面中的形象与情境，写出十首彼此独立的小曲，中间穿插以"漫步"为主题的乐段，每次主题出现都经过变奏，流露出不一样的音乐表情，它既是画作与画作间的转场，也是展览会现场神态与步调各异的往来观众。但我更愿意将它想象成观展期间，从绘画图像中抽离出来，回归"现实"的片刻。在这些平静又汹涌的片刻，穆索尔斯基回忆亡友的音容笑貌，眼前浮现从前相处的细节，说过的话语犹在耳畔响荡。认真看画的时候，沉浸在图像故事里，现实的变故暂都可以抛却，"漫步"主题几乎无迹可寻，然而当他回到人群中，与同样正在漫步的斯塔索夫四目相接——兴许他还遇到了列宾，甚至是"强力五人集团"的其他成员——他便不觉心自警，往事般般应了，此时主题旋律再度萦绕。

整套组曲的最后一首是《基辅大门》，以哈特曼为基辅大门绘制的设计效果图为灵感。高大墙面饰有民族特色鲜明的浮雕纹理，主门两侧粗重的立柱托起斯拉夫式的盔形圆顶，边门紧邻一座东正教教堂的鸣钟塔楼，道路正中有位青年策马而来，周围是欢腾的人群，热闹非凡。这些视觉元素被穆索尔斯基通通转化为新颖的音乐语言：巍峨壮丽的柱式和弦，恢宏开阔的八度音阶，教堂颂歌式的四部和声，激昂澎湃的庆典曲调。最后这首小曲的三个段落分别描绘了城门构造、教堂祷告与古城庆典仪式。有趣的是，"漫步"主题重新出现，它进入画中，被延展铺开，糅合重低音和弦，仿佛从晦暗处款款走向光明，坚定不移。莫非穆索尔斯基又想起了故友，将他的怀念全盘托出？我怀疑这幅画之于穆索尔斯基原本并不陌生，许是哈特曼曾与他谈论过的，或者他早就在画家工作室见过未完成的草稿，如今他站在画作面前，终于见到成品，此刻图像的虚构空间与他置身的现实空间交错重叠，经由作曲家编排加工，两者细细缠绕，织成复音声部。

《基辅大门》第二段落的后半程，圣咏调的熹微晨光之中，我听到起伏涨落的钟声，钢琴独奏版交替敲击降 E 和降 B 两个音，前者象征着庄严高亢的钟声，后者则模拟它低回的反响。那钟声持续且有力，传彻云霄，如同一种无法驾驭的神秘，蕴含无限希望，光辉又灿烂。而在后人改编的交响乐版本里，钟声的形象落到实地，更为清晰可感，降 E 高音被真实的大钟或管钟取代，降 B 低音则变作铜钹和大号，到了尾声几乎是钹锣镲鼓齐上阵，山呼海啸，惊涛骇浪。我曾经在聆听唱片时感到疑惑，当时还并不了解《图画展览会》的创作背景，也没有见过哈特曼的原画，却被那个清远的单音牢牢钳住了耳朵，它仿佛来自天外，如坠地的流星，它与狂欢节的喧腾属于不同的世界。

为什么在这首曲子里会听到来自不同世界的两种声音？

那个超越俗世的声音究竟是什么？难道是……钟声吗？带着所有疑问，我去查阅总谱，发现那个连续的降E音，像一盏小灯，闪烁在一行固定音高的声部，开头第一小节之前用小字标注着"CLOCHE MIb (hauteur réelle)"，实际高度的降E调的钟。原来，它就是钟，一座具象的、实体的钟，而不是用别的乐器来模仿的钟，像李斯特或者比才所做的那样，而事实上，就我主观的听觉感受来说，盘桓于西欧上空的天主教的钟声，与东正教世界的钟声，在音色方面，有着显著的差异。尽管我从来没有去过俄罗斯，也只听过巴黎蒙鲁日教区的神职人员敲钟，但我依然可以在广博无尽的音乐里游遍任何人类的大地。比如我曾许多次来到诺夫哥罗德与西伯利亚的平原，聆听那里的钟鸣、歌咏、风吟与人语，在拉赫玛尼诺夫和柴可夫斯基的音乐里。

2. 愿丧钟长鸣：拉赫玛尼诺夫《C小调第二钢琴协奏曲》

我常常有些奇怪的幻想，比如假设被流放到荒岛关禁闭，而我只能随身携带一张唱片，我会选择哪张？我的答案从第一次聆听这张唱片的很久以前，直至已将众多版本烂熟于心的此时此刻，都没有发生过动摇：即是由郎朗弹奏，捷杰耶夫指挥，马林斯基交响乐团联合演绎的拉赫玛尼诺夫（以下或简称"拉赫"）《C小调第二钢琴协奏曲》（Op.18）（以下简称《拉二》）。在它之前，我听过其他版本，很精彩也堪称经典，可当这个版本出现，世界都消失了。我清楚地记得，钢琴敲出第一个低音的瞬间，我哑然无语，陷入错愕失神的状态，整个呈示部，我感到体内股股热流向颅顶不断涌升，全曲结束后我已是泪流满面，等到世界重新在我身边显亮起来，我的脑袋里只剩下一个念头：朝闻道，夕死可矣。

郎朗左手的低音，干净简练，敦实朴素，没有多余的装饰，不过分沉重，不喧宾夺主，留给高音和弦恰到好处的延宕空间，维持稳定的间隔速度，即使随后大肆铺排的上行琶音再繁复华丽，他也没有丢掉低音的质感，那种属于"天外来音"的遗世独立的质感。诚然里赫特和齐默尔曼也呈现了相同的音效，伟大的录音大多殊途同归，但可惜他们在所有我期待慢速的地方，都稍稍急促了点，尽管这里面的差距仅以毫秒为计，像搁在厚棉被底下的一小粒豌豆，轻易不会被察觉。

偶然在某篇报道中瞥见郎朗说，他最初总是找不到感觉，弹奏《拉二》的开头不得要领，直到一次去圣彼得堡演出的契机，让他无意中听到教堂塔楼传来的钟声，他才终于获得灵感。圣彼得堡的塔楼钟声，太传神了，切中整首曲子的精髓，在我的想象里，这座大钟必须有整层楼的高度，不是那种清脆嘹亮的小排钟、小铃铛声，而是顿重的、深暗的、艰难的、轰隆的，一种不属于我们现在这个世界的声音。试问当今还有几位演奏者，真正用心聆听过圣彼得堡、诺夫哥罗德、莫斯科或者基辅的钟声？

钟声是拉赫玛尼诺夫的故乡和童年，人生最初的短暂十年，温柔甘甜至美，宁静的乡村庄园生活，沐浴在每个礼拜日，外祖母带他去圣索菲亚大教堂聆听的，四座大钟浑厚的鸣响之中。然后像所有失去家园的孩子一样，拉赫无忧的时光戛然而止：姐姐与父亲相继离世，俄罗斯社会局势动荡，属于他的贵族旧世界崩塌陷落，精心创作的《第一交响曲》首演惨败……来自内部与外部世界全盘的价值否定、信仰失落、自我怀疑，彻底击垮了拉赫，致使他跌入重度抑郁症的深渊，长达三年，他再也无法创作，搁笔停滞不前，精神遭遇浩劫，终日被恐惧和虚无感占据心智，"我就像中了风似的，"用他自己的话讲，"脑子和四肢全部瘫痪了。"所有挣扎、撕裂与斗争的过程，我在《拉二》里面全都听到了。经历了漫长的沉寂，至暗的三年过后，拉赫在心理医生达尔博士的帮助下，终于能够重新执笔，而《拉二》便是他复出后的首部作品。

一个人在沉默三年后，开口说的第一句话会是什么？走出极夜世界的寒冬旅人，他最渴望见到的东西又是什么？让我们再来听一遍《拉二》开头八个小节：左手最低的单音是重复的F，右手和弦的最高音是一个重复的C，不论中间的和声如何次第上升，音量如何逐渐增强，声音始终在由高音C和低音F构建起来的两极之间来回摆动，像不像是大钟底部永动的摆锤？像不像叔本华眼中的人生？往返于愉悦与忧郁、平庸与痛苦的两端，永远周而复始，循环不竭，生而为人，概莫能外。

紧随其后的呈示部，弦乐奏出核心主题，而这个主题的旋律，取材于格里高利圣咏《末日经》，其意境幽暗深邃，常被当作葬礼乐曲，呈现"死亡"形象。可是为什么我在拉赫描写"死亡"形象的旋律里面，丝毫感受不到恐惧与凄惨？诚然它是极富悲剧性色彩的，但却哀而不伤，沉而不溺，甚至此后两个乐章中它的变奏和再现，带给我的尽是蓬勃盛大的力量和神圣崇高的希望。或许对于拉赫，对于这个花了三年时间来重塑自我的人类而言，死亡不再是一个抒情对象，而是毋庸置疑的真理，是存在的本质，只有当他看清死亡，不再执着于死亡之后，才能开始真正的生活。《拉二》开头的八个小节，既是长鸣的丧钟，也是对生命的颂咏。

我们常说诗歌有"诗眼"，那是揭开谜底最关键的锁孔，直通全诗的心脏。假如音乐也有"乐眼"，那么在我的经验里，《拉二》的"乐眼"除了开头八个小节，还有一个单调乐句，它出现在第三乐章，前后出现了两次，分别在呈示部末尾和发展部末尾的连接段，每次出现都会重复三遍，如同一段螺旋向上的阶梯，左右手交替奏出连续爬升的单音。这段乐句便是我前文提到的，天外来客般遗世独立的声音，它周围没有错综丛杂的复调结构，没有琳琅缭乱的伴奏织体，它带着强烈的间离感、异质性、抽象特征，给狂飙突进的乐曲踩下一个急刹车，骤然脱离主部旋律，遁入某种无法言明的静谧当中，让人着实摸不着头脑。这个段落若能视觉化，它一定是利西茨基或者马列维奇的画作：神秘难解的至上主义，异化现实的未来乌托邦，象征超然物外的绝对真理。事实上，当我们仔细拆分这几个乐句的组成音符，会发现它们并非空穴来风，竟也是《末日经》"死亡"主题的变体，虽然它们乍听之下晦涩玄奥如谜，但却是整体上行的，展现一种朝向光明的沉思，它们是拉赫在沉思之中，抽离于强抒情的音乐叙事，升入形而上的思考的片刻。是的，这个乐段，就是思想本身。也许有朝一日我会再写写拉赫玛尼诺夫的哲学观点，不过目前的我同那位年轻的意大利钢琴演奏者一样，羽翼单薄，能力偏狭。

《拉二》之后，拉赫似乎对"钟声"主题意犹未尽，十年间他陆续完成的两部钢琴奏鸣曲、十三首前奏曲（Op.32）、八首音画练习曲（Op.33）以及著名的"拉三"（Op.30），其中都有类似的音乐形象。1912 至 1913 年，拉赫甚至写了一部直接命名为《钟声》（Op. 35）的合唱交响曲，受到爱伦·坡同名诗歌的启发，他将全曲分为"银钟""金钟""铜钟""铁钟"四个篇章，分别刻画童年、婚礼、灾祸、死亡四种人生阶段，令人不禁联想到佛家说的"成住坏空，生住异灭"，我隐约感觉在拉赫的观念里，钟声就是生命的形态。这首合唱交响曲有如一部钟声的百科全书，收录所有钟声的音型，调式与曲式变化多端，人声唱词来自爱伦·坡的诗歌，各部器乐趋向统一的主题，局部呈现无秩序与戏剧冲突，断章式的四个乐章长度有限然则指向无限深远之未来。在某种意义上，拉赫逐步转向一种浪漫化的"总体艺术"（Gesamtkunstwerk），与瓦格纳"拜罗伊特"式的理想之间亦有诸多差别。

拉赫玛尼诺夫如此痴恋钟声，应当引用特朗斯特罗默的诗句来解释："我受雇于一个伟大的记忆。"大概早在孩童与青年时期，拉赫就已经接收到贯穿他一生的神旨。其早期作品《升 C 小调前奏曲》（Op.3 No.2），创作于 1892 年，那年拉赫才从莫斯科音乐学院毕业，亲自公演这首钢琴独奏曲便一举成名。《升 C 小调前奏曲》的主题动机与《拉二》如出一辙，开头三个小节，以八度齐奏的方式掷出沉重有力的三个低音，弥漫着死亡预兆的克里姆林宫的钟声，伴随格里高利末日圣咏的旋律变体，为全曲覆盖上一层阴森黑暗的底色。随后行板在高音区飘散出清亮的钟声，内声部的和弦吟唱着圣咏曲调在高低两端的钟鸣之间来回摆动，进入固定的循环，此起彼伏；渐渐地，钟声伏动得越来越快，越来越剧烈，猝然演变成狂风暴雨，钢琴迸发震耳欲聋的音量，乍起雷霆万钧之势，情绪决堤恣意宣泄；少顷，音乐缓慢平息下来，风雨休止，音响减弱，钟声依旧在高低两端捶摆，只是越来越轻，越来越渺远，直至销声匿迹。这首曲子短小精悍，却是拉赫玛尼诺夫所代表的晚期浪漫主义风格的高度概括，我将其视作拉赫一生创作的缩影，是他所有音乐的"乐眼"，直通拉赫的心脏。

　　有趣的是，我在杂乱无章的聆听中，偶然发现一个惊人的秘密：《升C小调前奏曲》结尾的八个小节，与《拉二》开头的八个小节，几乎是左右对称，互为颠倒的镜像关系。一个是丧钟由近及远，在摧枯拉朽的狂怒之后；一个是丧钟由远及近，却带来废墟之上重生的光芒。怎么会这么巧呢？显然这不是巧合，至少我们可以确认的是，萦绕在拉赫童年、青年、中年时期，那个不绝如缕的旋律，自始至终都是同一段钟声。而《拉二》本身，其实是以倒叙手法进行创作的，拉赫率先写出了第三乐章，继而续写第二乐章，等到前两部分在小范围汇演中得到积极的反馈后，他才最终趁势完成了第一乐章。也就是说，在创作时间上离我们最远的部分，在聆听时间里离我们最近。这种首尾相衔的环形结构，让我忽然想起以同样手法构建而成的《追忆似水年华》，普鲁斯特也是先写完浩浩荡荡的第七卷《重现的时光》，才回归到遥远的开头。

现在我把唱针拨回唱片轨道的起点，《拉二》开头的八个小节第无数次响起。这一次，我似乎听见马塞尔用苍老烛残的声音低诉："Longtemps, je me suis couché de bonne heure（在很长一段时期里，我都是早早就躺下了）." 于是不自主记忆的机器霎时启动，将他迅速传送到贡布雷小镇，莱奥尼姨妈家的二楼卧房，此刻楼下传来阵阵清脆细碎的铃声，原来是斯万来访，他摇响了花园门前的铃铛。

▼ 巴黎市立现代艺术博物馆的壁画

3. 凝视的风景：柴可夫斯基《G小调第一交响曲》

在很长一段时期里，我都是呆呆地练习柴可夫斯基的《四季》。小时候学琴，训练读谱视奏，似懂非懂地分析曲式，上声乐课程，了解和声对位法，然而内心毫无波澜，机械式的视唱练耳，完全没有美的体验，更不理解作曲者的抒情达意。多年以后，琴业早已荒废，我在巴黎长住，学术生活清寂，遂在二手交易平台买了架钢琴，打发闲暇之余，也多了个邀请朋友来家里玩耍的理由。最开始是弹流行的曲子，电影配乐或者热门网络歌曲，毕竟指法生疏了，读谱也迟钝，无法处理太过庞杂的和弦。后来慢慢恢复手感，不再满足于当代作曲，凭着记忆搜找幼时练过的琴谱，巴赫、贝多芬、德彪西，还有柴可夫斯基和肖斯塔科维奇。我是偶然间听到巴黎音乐学院的朋友弹《六月船歌》，一种难以名状的亲切感让我恍然大悟，原来十几年前我就练过这组钢琴套曲《四季》，不知道是从什么时候开始，我甚至连曲名都忘却了。

很难形容相隔十多年再次聆听柴可夫斯基是种什么样的感觉，追溯起来却也感到惊讶，竟然在最懵懂无知的年纪，我已经听遍了老柴绝大多数的作品，影响或许来自长辈的喜好，也或许来自童年接触的俄罗斯文学与电影。熟悉，是无论任何时候听见老柴的音乐，我心中升起的第一种情感，那些音符拼成的图画是我的故乡，故乡如今改头换面不复存在，但幸运的是，在音乐里她容颜未改，依旧鲜活明媚。

如果说巴赫是造教堂的人，维瓦尔弟设计皇家园林，德彪西是在森林里搭栈道，布鲁克纳在险峰之巅星辰之下修筑神庙……那么老柴于我，是建了一个家。柴可夫斯基《G小调第一交响曲》（以下简称《柴一》）"冬日之梦"的第二乐章，是我的家，我时常回去的地方：一座雪山麓原松林环抱的木屋，深褐色外墙，斑驳粗糙，墙脚滋长苔藓，潮湿腐朽，透过雾气覆盖的窗子，屋内炉火摇曳。在这里我能得到所有的温柔抚慰，所有的宽容原谅。我爱柴可夫斯基，不是出于敬畏，亦无关神秘与古典，那是一种充满安全与信任的赤诚之爱，就像马塞尔与弗朗索瓦丝，普希金与罗季奥诺娃。

我去过三次西伯利亚的雪原，第一次是大卫·奥伊斯特拉赫演奏的柴小协（柴可夫斯基《D大调小提琴协奏曲》），第二次是巴黎歌剧院时任总监菲利普·乔丹指挥《柴一》"冬日之梦"的现场，第三次是杨颂斯指挥、奥斯陆爱乐乐团呈献的《柴一》"冬日之梦"的唱片。

偶然有朋友问我，在一场贝多芬主题音乐会散场后："你是从什么时候开始听古典音乐的？"

我反问道："你指的是古典音乐启蒙，还是古典音乐开窍？"

"这两者的区别在于？"对方疑惑。

"启蒙是从听不懂到听懂，是智性的理解；开窍是从听懂到听哭，是感性的触动。"我接着又说："启蒙发生在小时候，久远到我都记不清了，开窍是柴小协，我在法国的第一年，那时我的生活里只有论文和音乐。"

那时我住在阿尔卑斯山脚下的小城格勒诺布尔，圣诞假期停课，大部分中国同学都回国过春节，而我选择留在宿舍写完本科最后一年的论文，关于19世纪末20世纪初的法国文学。冬天窗外举目皆是茫茫雪山，安静到听得见松针落在地面沙沙的声音，留学生公寓里只剩印度和墨西哥同学还在举办派对，而我深居简出，靠清水白菜与黄油面包度日，除了读书写字，便是在占据我大半张书桌的电子琴前练习陈旧的曲子。某天我通过电脑第一次完整聆听柴小协，奥伊斯特拉赫的录音版，老态龙钟的旋律站在面前任我仔细端详，它沟壑纵横，凄绝婉转，我看到枯寒无终的冬天，广场上燃起篝火，

▶ 阿尔卑斯山脚下
的霞慕尼小镇

刺骨的寒风，刮裂每张静默的脸庞，广袤的土地遍布创痕，帝国巨龙的深重鼻息穿街走巷，炊烟深处摆好了烈酒与热汤。我第一次为一首乐曲落泪，感到体内有什么很大的东西膨胀起来，所谓祖国，所谓乡愁，节庆的欢声笑语响彻整栋留学生公寓，而我的亲人已在遥远的恬静中安睡，漫长的冰凉的黑夜，好像只有我一个人清醒着，陪伴我的只有古老的音乐。

因此我万分期待聆听柴小协的演奏现场，或是任何一套柴可夫斯基的作品。终于两年后，我盼来了梦

◀ 阿尔卑斯山脚下的霞慕尼小镇2

中的音乐会，在巴黎巴士底歌剧院，曲目是柴可夫斯基《G小调第一交响曲》和《E小调第五交响曲》（以下简称《柴五》），指挥是风华正茂成绩斐然的青年指挥家菲利普·乔丹，带领巴黎歌剧院交响乐团。相对来说《柴五》较为出名，作为其"悲怆三部曲"之过渡篇，老柴晚期标志性的命运主题已然显露无遗，可是素未谋面的《柴一》"冬日之梦"却在当晚带给我更大的震撼：璞玉般的柴可夫斯基，纤尘不染的西伯利亚风景。

"冬日之梦"的第一乐章题为"冬日旅途的梦幻"（Dreams of a Winter Journey），深夜，开篇长笛如雀鸟鸣啭释放主部旋律，进行曲式的提琴勾勒出疾速行驶的雪橇马车，雀鸟的高歌与奔马的蹄铃间相缠绕，推动雪橇在平滑的山坡向下俯冲，乘着罡风翻山越岭，似要冲破什么阻挡，又被什么迷瘴重重阻挡，圆号描绘的缥缈日光在远方微微闪现。第二乐章，诚如标题，"荒芜之处，迷雾之地"（Land of Desolation, Land of Mists），稠密的弦乐如同凝滞不散的浓雾，氤氲朦胧的水汽温暖湿润，极寒地带干瘦的松针获得久违的滋养，踏上厚实的土壤，追随鸟啼如精灵般的指引，走入阒寂的森林，跨越枯枝、泥沼、蛛网与拦腰斩断的树墩，寻向渐渐明晰的晨光，直到圆号咆哮般地奏出主部旋律的四连音，日出磅礴，苍莽雄壮，伫立于雾海之巅的旅人，眺望日光扫除一切阴霾，看清了来路，辨明了去向。第三乐章、第四乐章没有标题，分别是谐谑的快板和忧郁的行板，我感到我们的主人公回到了人间，置身人为的风景当中，旁观圆舞曲的聚会和狂欢的节庆典礼，提琴的弹拨仿佛旧贵族的优雅仪度，然而他仅仅是旁观而已，保持沉思冥想，尽管偶尔也会被卷入其中。

音乐会过后，我牢牢记住了柔美至极的第二乐章，它所描绘的雾中风景，像极了故乡冬日里，黎明时分水汽丰沛的杉树林。从歌剧院回到公寓的地铁车厢内，我甚至还能哼唱第二乐章中的旋律，而那仅仅是我们的初次相识，竟连后来更令全场激奋的《柴五》也未能遮掩它的光晕，会不会有可能这个第二乐章，早就先于柴可夫斯基而在我的脑海深处存在？从那天开始，我寻找所有力所能及的《柴一》版本，不知厌倦地反复聆听第二乐章，做各种版本间的比较，誓要让这幅"雾中风景"的图画精确到每个细节。就我个人的喜好而言，最佳唱片是杨颂斯与奥斯陆爱乐乐团1985年的录音，其次是捷杰耶夫，再次是卡拉扬。前两者情绪饱满，有恰如其分的顿挫和困苦，管乐清亮通透，令人心旷神怡；卡拉扬的演绎，充满君王气质，那段咆哮的四连音振聋发聩，但可惜之后下行的八个小节，圆号未免显得有些流连胜景，迷途忘返，好像久久无法从日出磅礴的景象中抽离出来。

《拉二》与《柴一》，在我心里都占有不可撼动的位置，创作这两部作品的时候，拉赫和老柴都处在相仿的年纪。拉赫玛尼诺夫用三年沉寂换来这件旷世杰作，而柴可夫斯基则为他人生中的第一部交响曲倾注了辗转苦难的九年光阴，从青年步入中年，他的斗争褪去轻狂，蒙上一层散不去的忧郁。我们永远不该忽视任何一个人用漫长岁月打磨而成的作品，出于对时间的尊重，更为了创作者没有被浇熄的决心。那些批评《柴一》"冬日之梦"题材平庸没有深刻内涵的人，恐怕忘了风景主题在俄罗斯文化（尤其是文学和绘画）当中的重要价值，也忘了那些浪漫派拥趸对于旅行、漫游的热爱。雪山、平原、迷雾、森林、黎明、黄昏……凝视这些风景，忘记寻找意义，才能到达旅行最终的目的地。

旧物生长

很多年前我在每个社交账号的个人签名栏里都会写"捡破烂爱好者",确实是喜欢老旧的东西,也有收集破烂玩意儿的癖好。大概是走路习惯低头的缘故,出去玩一趟总会在地上有意外收获:一颗漂亮的石子,一枚劣质的游戏币,一只卡通图案的发夹,一块金属环扣断裂、估计是从某串项链上掉下来的水晶挂饰……

不过我的最爱还是落单的钥匙,通常我会原地环顾一周,等待附近出现满地搜找的人。好在这样的人从来没有出现过,而我的等待期限充其量就一两分钟。这把孤零零的钥匙被我俯身捡走,从此这个世界上少了一个可以被打开的地方,某扇门将永远关闭。我在那一瞬间内感到自己变得至关重要,如同在荒茫无际的海面上突然拥有一个坐标,这个坐标与另一个不可见却必定存在的坐标建立了永久联结。深海底部无声闪着幽微的光,生命的掌纹间埋入一条暗线。我的口袋里装下一把无主的钥匙,好像我的身上携带了一个伏笔,一个新副本,在迷宫的下一个死胡同的尽头,说不定就能打开一个宝箱。

所以整理房间的时候,我经常碰到抽屉或橱柜里突然冒

▶ 里尔旧货节

出两三把钥匙的窘况，于是愣坐在地上绞尽脑汁回想，却怎么也想不起它们的用途和来历，可能是我从外面捡回来以后没有好好归置的，也有可能是给家里某把锁或某扇门备用的，无论如何我都不敢随意丢弃，便郑重其事地寻找另一个角落安放它们，到头来还是把未解的谜语抛给下一次整理房间的我自己。

搜罗旧物这件事近几年在国内颇为盛行。

以前我在上海的一家美术馆实习，有段时间馆内公共空间租给一个做复古集市的主办方，那时每到周末馆内到处是乌泱泱的人和明晃晃的装饰。我在现场做场务和活动记录，工作人员准备摊位的时候我就瞄了一轮，打算抢先挑几件好物，结果大失所望，货摊上没有一件是真的旧物，全是新造的商品做成仿古的风格，价码也是虚高。来客大多是浓妆艳抹、穿扮新潮、三五成群的年轻人，没买什么东西，照了几张挤眉弄眼的自拍，朋友圈标了个美术馆的定位，就心满意足地离开了。此类复古集市不过是另一种形式的商场促销活动，把情调与气氛折算成交换价值，用花枝招展的"陈旧感"来包装没多大使用价值的商品。

我在上海的大学念完了本科，说起来能够进入这所大学还与文庙旧货摊有点关系。

高三的下半学期我参加大学的自主招生考试，通过笔试后接到去上海面试的通知，面试时间恰好是某个周日下午。那时候冬天还没有结束，面试当天我起了个大早，摸着黑从杭州的家里出发，搭乘最早一班动车去上海。到了虹桥，钻进地铁站，乘十号线晃到老西门，我提前钻出地铁。天清清白白地亮起来，老弄堂里汤包蒸笼的白气腾云驾雾，我和陪同我的老爸坐在路边的早点摊吃了一堆油条、豆浆、生煎包、粢饭团。其实出发前已经在家里垫过肚子，到了这儿还是被扑面而来的煎炸香气挡住了道，索性吃点东西歇歇脚。待我们肚子里再也塞不下任何食物，我领着老爸来到不远处的文庙古玩旧书市场。

说是古玩旧书，其实还有许多细碎零散的二手小物。

我爸从来没跟我一起逛过商场或者别的什么可逛的地方，即使有他也是被我妈拉来的，比如妈妈给我挑新衣服顺便把老爸的也买了。我爸是少言寡语的人，逛街的时候只有我和妈妈叽喳议论，他只点头摇头掏钱和独自散步。可是眼下我们逛古玩旧货摊，我和老爸终于也可以叽喳议论了，很多物件与他的成长年代有关。比如我看到一本封面印有"工业学大庆"几个字的生产记事本觉得非常酷，捡起来端详许久，老爸凑过来得意地说："这种本子我也有很多，还有'农业学大寨'的呢！"

不过当天除了酷酷的记事本，我还注意到另一件了不起的玩意儿，是我要去面试的那所大学发行于20世纪80年代的校徽：圆盘形状，中间是暗红色珐琅的字，镀一圈黄铜边；剩余部分嵌了藏青颜料，也像是珐琅釉，拿手指一抹，表面恢复平滑光亮。我当即想到，下午的面试兴许可以拿它打开话题，既然我的面试官都是来自"文史哲博"四大专业的教授，跟他们聊聊文庙和旧书，大概会是个不错的加分项。我把这枚校徽别在衣服胸口的位置，脑中预演出无数种提及它的可能性。可惜后来我太过紧张，大脑毫无悬念地一片空白，准备好的话题全忘了，也忘了把长发拨到肩后让他们看见我的校徽。好在最终结果令人欣喜，我顺利通过面试拿到自招资格，不过事后总结起来，像我这样迷信的人，始终坚信是那枚校徽给我带来了好运加持。

用别人用过的东西，有人觉得寒酸，有人害怕晦气，我妈妈就是这样，配件首饰虽无伤大雅，但二手服装必须杜绝。

▶ 里尔旧货节2

偏偏我这癖好泛滥得厉害，衬衫毛衣大衣裙子，我都
买过二手的，大约每半年淘三五件，款式是旧了点，
配色却有平稳从容的风度，比多数快速消费的时装都
更耐看。

　　妈妈每次撞见我穿古着就要训我："咱们家又不是
买不起新衣服，你穿这些破烂玩意干吗？！一点档次

都没有，以后不许再买了！"她讲究身上的穿戴不必奢侈，但都得是崭新的，因为新物吉利，而且常换常新也能彰显一部分经济实力。事实上，我对这种观念感到很是惊讶，首先品相良好的古着从外观上看与新衣并无差别，其次一个人的生存状态富足还是拮据，我会从他的仪态、气质、穿搭风格来做出判断，与他服饰本身的价位无关。更重要的是，相比那些除了"出厂设置"外没有任何历史记录的新物，我更喜欢旧物里凝着故人往事层层叠叠的灵魂。

物皆有灵，我不相信这些灵是恶的，我愿意相信它们与人为善，更何况一直以来，我与它们都相处得挺好的。所谓恶灵也只是人之浊念的反照罢了。

我从小羡慕那些有家族传承的孩子，生下来就拥有祖辈甚至是祖祖辈辈流转的信物。比如太婆传给外婆、外婆传给母亲、母亲传给女儿的一只玉镯，又比如太爷爷传给爷爷、爷爷传给父亲、父亲传给儿子的一支钢笔。每次听说类似的故事，尽管跟自己没什么关系，却总是热泪盈眶，心里有种人间温暖的感动。我自己没有收到过什么"传家宝"，所以去旧货摊上翻拣就像是去蹭别人现成的。

"你不要我要！"——挑到好东西我都会有这样的内心独白。

我有一件珍藏很多年的宝贝，是一朵苗银做的花，模样极似芙蓉，内外两圈各六个瓣儿，十几条穗儿，均匀整齐，秩序井然，有兴旺茂盛之意。虽然花蕊根部氧化发黑，背面没做过抛光也斑驳粗糙，但这色泽实在惹人怜爱，不吵不闹的，暗暗发着光。我盼它可以从我这里开始，继续它代代相传的旅程，生于苗人之手，本就沾染了丛林草莽的灵性，再由人的肌肤毛发去打磨它的脾气，日积月累，天长地久。

　　近两年在法国住，再往前作为交换生在日本短暂停留过。在这两个国家，旧物的回收、清理与转售有一套完整的体系，市场成熟，分类细致，价格也合理稳定。比如在巴黎，每周末就有大小几十个旧货集市

◀ 里尔旧货节3

和跳蚤市场人声鼎沸，这种生活理念也颇受倡导。往大了说是环保意识深入人心，往小了看是对每件物品保持尊重：重新审视它们的价值，给予它们再次进入生活的机会。

记得本科期间我曾选修一门佛教哲学课程，经书里载所谓轮回，即每具灵魂（或意识）在上一"道"里结束一种生命形态，进入下一"道"获得另一种生命形态，再去经历一番生住异灭，如此在六道（天、人、鬼、畜生、地狱、阿修罗）之间无限循环，没有孰高孰低孰优孰劣的分别。

我的老师打趣道："我们并不是每一世都能成为人，因为从概率的角度说，你可能已经当过五六次饿鬼、七八次天神、十几次猪狗牛羊和上百次桌椅板凳了。"换句话说，无论一颗星球还是一粒石子都是众生，我和我掌中那枚钥匙、脖颈上那朵银花，本质上没有任何区别，也许上一世我就是一枚钥匙，下一世我会是一朵银花。

因此，生生不息的"生"里面，也包括了物。突然想起一位老先生的话："无穷的远方，无数的人，都与我有关。"

追寻杉本博司的海景

　　巴黎又一次进入了乍暖还寒的季节，每年到了这个时候我都要抱怨，三月份下雨的巴黎实在是太令人沮丧了。春天仿佛拖着不来似的，甚至到了四月份，天空依然显示出风雪交加的趋势。这几年住在欧洲，我逐渐沾染了候鸟的习性：一旦入了冬，就往海边跑。

　　人们都说大海是在阳光充沛空气清澈的季节里最好看，丰盈的、碧绿的、蓝出好几个色阶的海水我也见过——几年前在那些东南亚的热带岛屿。现在对这种确切的、标准的、规则分明的海洋风貌已经失去兴致，转而爱上那些干瘪的、阴冷的、模糊不清的混沌景色。

　　在巴黎遭遇第一个冬天的时候，我第一次逃去了诺曼底海边，从圣米歇尔山出发，沿海岸线北上，直到卡昂附近的二战登陆点旧址。站在法兰西的西北角，想象两百多千米外的英吉利海峡对岸……虽然面前只有灰蒙蒙、湿漉漉、无边无际的水雾，能见度大约二十米，我却想象自己是卡斯帕·大卫·弗里德里希笔下那位面朝雾海的旅僧，除了黏稠的沙滩和枯瘦的潮水，没有具体的凝视对象，却能一直对着纯粹的绝对的空旷

▲ 冬季雾中的诺
　曼底海滩

凝视许久。不知道在看什么，明明也没什么东西可看，但我知道，"凝视"这个动作本身是重要的，比很多事情都更重要。幸好这幅画面里没有多出一块礁石，一艘帆船，或者一只海鸥来捣乱，我用自己的眼睛在面前的巨幅白色幕布上投影了一些属于安哲罗普洛斯或者锡兰的零碎电影片段。

在巴黎迎来第二个冬天的时候，我先是跑到里斯本看了眼欧洲最西端的北大西洋海岸，回到巴黎歇了不到一个月，又第二次造访了诺曼底海滩。尤记得某天，里斯本的贝伦老港下了一上午稀疏的小雨，积云最多停留十分钟，旋即被海风推向陆地内部，我坐在岸边的防波堤上，从天光明亮的中午一直看到日落以后，及至水面泛起苍紫色（或者用《荷马史诗》中的表述，"暗酒色"）的时候，我才动身返回主城区。

期间若干个小时内，我的大脑一片空白：水是水，岩石是岩石，乌云是乌云，桅杆是桅杆，钻井平台就是个钻井平台……它们并不能搅动我的某种情感，或是勾连某些记忆，我所能做的仅是用眼睛将这些景象记录存档。我惊讶地发现，我面对大海时不抱有任何情感，它亦无法激起我任何内心的波澜。

在过去很长一段时间里，我曾为我在大海面前的"抒情无能"感到万分懊恼。要知道，多少文人墨客、圣贤先哲，甚至我身边的朋友们，一见到大海，或心胸开阔，或慷慨激昂。他们眼睛里会有光，那个模样动人极了，又令我嫉妒极了。可我从未有过如此浓烈的体验，想起第一次亲眼见到大海，还是小学五年级的年纪，我对它的初印象只有一种难以名状的失望感。它为什么不像书里写的那样呢？说好的"水何澹澹，山岛竦峙"呢？说好的有白鸽荡漾的平静房顶呢？我的失望，与我所见到的海面有着怎样的景致无关，说到底，我与大海原本就是互相陌生的两者。

这个道理很简单：在我接触知识和他人的经验之前，在

▶ 里斯本老港

我的童年、我的世界观生成的最初十年里，我没有见过海；而当我终于见到它的时候，后天习得的观念和逻辑已经遮盖了我感性认知的本能，严重干扰我用自己的眼睛去看它。

自五年前第一次见到杉本博司的《海景》系列起，我就开始思考这个问题：大海到底是什么？它又象征着什么？这组作品是杉本博司利用他标志性的长曝光技术拍摄完成的，他把相机固定在堤岸边，镜头朝向海平面，设置长达数小时的快门时间；摁下快门，然后相机（或镜头）便代替他或作为其视觉器官的延伸部分，担任起"凝视者"的角色——想象一下，假如弗里德里希那幅画里位于正中央的角色是一台相机和一副三脚架……

　　也是在五年前，我第一次去日本，为了参加一个短期交换项目，在横滨的神奈川大学待了一个暑假。某个周末的下午我在东京闲逛，突然天降暴雨，我没带伞，仓促躲进一家画廊，本意只是为了避雨，见大雨有愈演愈烈之势，我便临时起意决定去看个展览消磨时间。展览中的其他作品甚至展览空间本身是什么样的我一概记不清了，现在回想起来，当时的记忆里只剩下一个画面：我站在一件巨幅《海景》系列作品前，像被一道闪电击中似的，除了瞪大眼睛，浑身动弹不得。记不得我像那样站立了多久，雨究竟是什么时候停止的，周遭人声又是如何重新翻滚起来……

　　回去之后我四处搜找与"杉本博司"这个名字有关的材料（后来这些驳杂的原始材料竟然在四年后，在我硕士论文的写作中派上了大用场），我在他的自传中读到这样一段话："之所以对海景感兴趣，还是与我幼儿时期的记忆有关。我能想起的最初记忆，就是海景。清晰的水平线、万里无云的天空，我的意识就是从这儿开始的。大海就是我意识的原点……"这

▲ 日本箱根的芦
之湖

段话之于我的意义，相当于米开朗基罗笔下，上帝伸向亚当的那枚食指，而我也就那么不经意地抬起松弛的手腕，却没想到看似稀松平常的一次触碰，为我此后许多年的夜间航行竖起了一座灯塔。因为这段话，我第一次惊讶地意识到，人还可以去质问自己意识的起点，或是像拉马丁所说的那样，回溯到个人记忆的源头。

我渐渐把自己从对大海无感的困境中解救出来，因为毕竟我最初的记忆只与大山、大树、大森林有关。而且事实上，在我内心深处，世间最为崇高的事物，拥有无穷神秘性以及绝对权威的存在，也正是这些大山、大树、大森林。我在其中经历过的孤独、温暖、恐惧与勇气，并不亚于大海能够给予人的教育。我学习山的一切品质，用整颗心紧紧贴附于它，臣服于它，从不战胜与征服什么。它反过来也给我最坚实的依托，使我的身体如同根茎深入土壤延伸、铺展，使我的思维即使虬曲嶙峋也拥有足够的阳光，使我生长为挺拔的杉树的模样，使我因为知晓身体终将融解于大地而内心安宁。

从前独自旅行的时候，我会悄悄站在一棵树、一条溪流、一枚昆虫或者一个陌生人的身边，在不被它们注意到的前提下，和它们一起静静地，以并排的姿态共同相处一会儿。我想象自己就是它们，试着借用它们的视角环顾四周，我发现这与我自己所经历过的那个世界没有丝毫差别。我为这个发现感到愉悦与欣慰，因为我们毕生修行的终点，不正是为了看清楚我们与它们之间没有任何的不同吗？

柏林是苍蓝色的

柏林是苍蓝色的。是覆盖一层铅灰，深浅不一的蓝色。

最初的印象来自城市上空的飞行，穿过平流层与对流层的交界处后，机舱舷窗外通体一片低饱和的掺了灰的蓝，像是只有哈默肖伊才能调出来的颜色。大概因为飞行时间是在清晨，太阳光低斜地擦过地表，被一层轻薄的水汽溶解掉了。

我在五月的尾巴飞往柏林，凌晨五点从巴黎的家中出发，六点到达奥利机场登机口等候，七点起飞，八点半落地柏林，九点半坐在酒店楼下的露天餐厅吃早餐。近几年越发喜欢赶早班机出行，如果是国际长途，倾向于选择深夜或凌晨起飞，清晨降落目的地的班次。一定要赶上这座城市的早餐时间，于我来说算是一个仪式，好像只有这样，才可以同所在地的大多数人步调一致，才觉得什么体验都没有落下。

酒店在柏林的"中央公园"蒂尔加滕森林公园的正对面，隔一条商铺林立的街，就是森林西南角的市立动物园。我的房间位于最高层，视野开阔，欧洲已经进入昼长夜短的季节，柏林的日落时间比巴黎更迟。每天晚上我接近十点回到酒店，天还亮着，只是热气散尽，云层以肉眼可见的速度变换颜色。

不知道是不是对面那些住在茂密树冠底下的大型动物，忽然翻了个身或者发出啸声，间隔十几分钟就会有一群黑色大鸟从森林中惊慌窜出，升到高空平铺成一片，一同往太阳落山的方向滑去，最后稀稀落落下降，钻进森林西北边的区域。

这座城市的天际线竖立着许多脚手架和吊桥，常驻柏林的朋友对我说，战后重建这件事远没有结束。轻轨经过一处施工现场，他指了指裸露的地基，轻描淡写地说道："在有些地方你还能看到烧焦的废墟。"在柏林的这些天，我没有与人谈论历史，也拒绝接触再现历史的书籍与电影，但朋友这个不经意的陈述句，当下便令我哑口无言。

我对于历史的认知，在过去的二十几年内，向来是扁平的，仅仅是浮游在文字之上的一层臆想，就像复印版画一样，雕版上刻了什么，我就记住什么，全都是固定的图式罢了。然而从来没有一种经验能够比亲历事件发生的场所、地点，更加深刻、透彻，甚至是激烈。并且这些深刻、透彻、激烈经验的到来是无法被预知的。

就像我始终以为自己会在参观欧洲被害犹太人纪念碑和柏林墙遗址的时候受到最大的心灵冲击，还为此做了不少准备，却没想到是朋友随口的话语与城市的日常风景最令我惊心动魄。因为正是在那一刻，我才骤然看见，"历史"从来没有结束，它还活着，活在我面前每个人的身上，和他们的心脏一样有力搏动，持续输送血液，它依然是这座城市日复一日的每个当下，或者还有可能，已经成为集体无意识的一部分。

所谓"一座城市的底色"，这种说法，常见于梳理柏林嬉

▲ 欧洲被害犹太
  人纪念碑

皮士文化演变历程和思想构成的文章中。

　　除此之外，时间经验也与在场感紧密相关：如果不是亲自穿行于柏林的大街小巷，真真切切地站在"断头"的威廉皇帝纪念教堂门前，我还不知道，原来七十几年的时间，对于愈合一座城市的伤口来说，是远远不够的啊。从前以为全世界的大城市，都可以像过去二十年间国内冒出的新城一样，迅速改头换面。殊不知推倒重来和以旧换新是两码事。

　　我在威廉皇帝纪念教堂新建的蓝色礼拜堂内坐了一整个下午，深海一般沉静的，神秘的，内部驳杂却整体统一的蓝色玻璃窗格，环绕礼堂一周。我忍不住轻声诵念西川诗作中的一句："有一种神秘你无法驾驭／你只能充当旁观者的角色／听凭那神秘的力量／从遥远的地方发出信号／射出光束，穿透你的心。"

那个下午，曾经见过的所有西方战后抽象表现主义艺术家的作品全都在我眼前涌现，我又再次见到它们，心中一些混沌的部分明朗起来，我终于得以清晰地感受到作品的重量，好像我在那些急促的线条和滞塞的色块里面重新活了一次，重新体验了一遍那些超脱的升空和沉重的坠落。

我相信那个时候，一定有背负大翅膀的老天使晃着两条腿坐在教堂钟楼的残骸顶上，俯视我，听见我朗诵诗歌的声音。

我的柏林之旅并没有遵循经典的游客路线，前三天跑遍了各大美术馆、画廊，被朋友笑称是来考察业务的。我在巴黎念的硕士专业是艺术策展，最近在写的毕业论文里引用到大量德国浪漫派绘画和美学理论，恰巧一场安塞尔姆·基弗的雕塑个展和大卫·弗雷德里希的画展在柏林开幕，我便是为此专程赶来。

长久以来直到今天，弗雷德里希的《雾海上的旅人》是我最爱的一幅画。说来神奇，凝视画面中央那位穿墨绿色法兰绒、执手杖的旅人的背影，我总觉得他是横绝峨眉巅的李太白，远眺峥嵘剑阁，谛听悲鸟号古松，云雾暧靆，目光却直穿层层山峦背后。

这幅画教给我的一件事是，相较于被看视的对象，看视这个动作、这个行为本身才是更重要的，就像新生的孩子，还不懂如何表达自己，只是睁大赤圆的眼睛，贪婪捕捉外界所有的图像和形态，保持一颗透明的素心。一颗敞开的朴素的心，应当是浅蓝色的，它足够干净，所以能够映照出广阔的天空和大海。

　　另一项并不"游客"的行程，是聆听柏林爱乐乐团的音乐会。可惜的是，我订票的时候，五月底所有古典交响音乐会的场次全都票房售罄了，只订到一张卡拉扬学院学生专场演出的门票，好在也算实现了自己造访柏林爱乐音乐厅的心愿。

▼ 柏林爱乐音乐厅内部

　　原以为这是场中规中矩力求标准的汇报演出，没

想到演奏曲目竟然属于先锋交响的类别。在我那位研究爵士乐的地陪小伙伴给我普及这个概念之前，我坐在台下，每分每秒都感到备受煎熬。每个音符，不对，那些声音根本不能算作音符，而是被严格记录在谱册上再被严格演绎重现的噪声，每个噪声，都直逼我对声音的承受极限。

提琴手用琴弓锯拉琴头调音处的金属弦轴，发出咿咿呀呀令人寒毛直竖的声音；长笛手用指腹敲打音键发出啪嗒啪嗒的声音，嘴唇放在吹孔处却不送气；小号手憋红了脖子使劲吹气，小号的管口却被他用塑胶小球堵得严严实实，发出噗噗的声音；定音鼓手用抹布、小扫把头或者其他奇奇怪怪的工具擦扫鼓面，发出稀稀疏疏的声音；而指挥站在台前始终一本正经地操控全场……因此上半场表演尚未过半就有两位老太太愤然离席，这也是完全不令人意外的。

从头到尾我都在心里反复拷问自己：这些声音到底是不是音乐？音乐到底又是什么？这两个问题详细展开，可能需要一篇博士论文的长度。

我全程观察周围其他观众脸上的神情，从惊诧、困惑，甚至愤怒、凝重，到释怀、通畅、眉头舒展，最后欣然起立鼓掌，我想他们也和我一样经历了一趟自我拷问与自我疏解的过程。毫无疑问，这场演出是对"反音乐"甚或"元音乐"概念的探索，中间每有可以被称为"旋律"的句段出现，它立即在下一刻瓦解了自己，否定了自己。这种对偶然性、不稳定、反规则、异质化的呈现，让人想起达达主义的绘画和诗歌，充满打破固有模式的勇气和狂热，在碎片和废墟的基础上创造新的建筑。这种精神，在我看来，可以说是一种坚硬的德国式的浪漫与纯粹了（非常硬核）。（顺带补充一下，本场演出的曲目是赫尔穆特·拉亨曼《Mouvement》，汉斯·维尔纳·亨策《Le Miracle de la Rose》，马蒂亚斯·平彻《Bereshit, for large ensemble》）

大体上，不负责任地说，我认为柏林与巴黎相比，最关键的差异在于，两座城市对待混乱的态度不同。混乱是可以被欣赏的，假如它是被正向肯定的存在，假如它的内部潜伏着新的事物或新的规则。一想到要回去那个混乱的，失序的，假装整饬规则的，崇尚精致的，无聊的巴黎，我心中不免有些失望，有些丧气。柏林的混乱，是粗砺、直接的，毫无遮掩，脏邋邋暴露于虐日之下；而巴黎，明明也是同样的混浊，但我们能看见的，只有那副厚实的，疮痕斑斑的，却依然静美平和的躯壳。

我很想就此留在柏林，更长久地停留下去，可是当手机上的旅行软件提示我航班在线值机功能已经开放的时候，脑袋里弹出的第一个声音是："终于可以回家了啊……"想想还是很奇妙，每次在其他欧洲城市旅行超过三五天，我就会像想家一般想念巴黎，尽管所到的每个城市，都比巴黎有趣得多。

波尔多的一个夏天

我大约有百分之五十的"嗜酒如命"。不喜欢酒桌文化，很少参加酒局，只是单纯的，遇到好酒隐约有相见恨晚的快意。不过我的嗜好仅限于产地在欧洲的葡萄酒，并非附庸什么风雅，实在是葡萄酒文化早已根植进欧洲日常生活的地底，留法这几年，不由得沦为狄奥尼索斯的俘虏。

起初我对葡萄酒怀着远观辄止的怯意，在国内的时候以为它是长辈的社交工具，亦是富人赏玩的游戏，出于这种年龄感和距离感，它自然被我摈除在生活之外。可是巴黎这席流动的盛宴令我渐渐意识到，它是多么平易近人，轻松有趣，以至于我那向来严谨自律的父母，来到巴黎之后，也受到我的影响，流连于奥德翁剧院前、蓬皮杜广场边、蒙马特山丘上，那些光影交错、欢笑声与歌乐声不断的小酒馆了。

大多数时候，小半杯Côtes du Rhône（罗纳河谷产区酒）就足够支撑一场谈话了。这是最亲民的一种酒，每间餐厅、咖啡馆都有，不想费心研究酒单或不愿破费太多，找个露天的位置坐下，直接招呼服务生说"Un verre de Côtes du Rhône"（一杯罗纳河谷酒），价位在五欧元左右，可以消磨一个小时光景。

▲ 阿维尼翁的乡
村酒店

只不过这种酒因为太平民化，质量参差不齐，一些粗糙潦草的小餐馆端上来的罗纳河谷酒，未经合适的温度保存，能尝出一股不新鲜的虾壳蟹腿的味道。

可我依旧偏爱南法的红酒，尽管波尔多名气那么大，对我来说却无关痛痒，大概是早前在南法居住过一年的缘故，这片土壤之上，温厚、沉和的香气，平衡、利落的气象，丰富、饱满的生活，远在巴黎的我只能从酒里嗅到尝到。

南法也有状态稳定的高品质红酒，比如小城阿维尼翁北部的教皇新堡（Châteauneuf du Pape），虽是个产量有限的小产区，却有不少名列全法榜首的顶级酒庄，品质登峰造极。私心来讲教皇新堡是我的最爱，不过只有恰逢重大节日我才舍得买给自己喝。回国给亲戚朋友带礼物或者去参加好友新家的暖房宴，我都会精心挑选一瓶教皇新堡双手捧送。它的价位属于中等偏上，体面且妥当，推杯换盏之余，我还可以抠着酒标，给众人闲话一段过去七百年间阿维尼翁九位教皇埋头耕种葡萄的陈年旧事，也算是乐事一桩。

勃艮第名气也大，可惜它对我的吸引力唯独来自精细的白葡萄酒。夏天的傍晚，和朋友坐在塞纳河边喝冰镇的霞多丽，感觉清爽、轻盈，身心沉静，却又不至于寡淡。我有几位长居巴黎的日本朋友，习惯在家中囤几瓶勃艮第干白，专门用来搭配刺身、寿司和天妇罗，制造纯净的口感与鲜甜的余味。

以上大致是我对法国葡萄酒仅有的认知，就在这种一知半解的状态下，我来到波尔多的一家酒庄住了两天。这是一位朋友的酒庄，没有列级，位置在波美侯（Pomerol）小镇附近，园子里栽种的葡萄品种以柔顺细腻的梅洛和品丽珠为主，可以说是非常典型的右岸酒庄的标准配置了。波尔多赫赫有名的八大酒庄及其纷繁复杂的副牌体系，总是让人挑得眼花缭乱。作为不求甚解的业余选手，我宁愿放弃深入这块庞大的知识点，选择一个规模不大但表现稳定，换言之，一个"绝对不会出错"的小产区，比如波美侯。

我所在的这家酒庄，因为属于私人性质，有点家庭小作坊的意味，单看外观，就是一栋石头砌的普通农宅，外加门前几十亩地而已。站在山坡顶上向远处眺望，眼前漫无边际的绿

▲ 波尔多葡萄酒
　博物馆

色藤架，倒是让深居城市的访客心旷神怡。坐在门口的石凳上缓慢而长久地呼吸，微凉的空气夹裹清清浅浅的葡萄香气。要是没有人走动和说话，庄园里安静得只有鸟和昆虫振扇羽翅的声音，还有它们振扇羽翅时抖落碎石沙砾的声音。

我们在小宅子二楼的房间住下，不敢拉开纱窗，纱网上扒着指甲盖一般大的蚊虫，窗台缝里爬着米粒大的蚂蚁，一些迷人的乡村生活细节与遥远的童年记忆形成回响。

稍事休整之后我们下楼用晚餐，庄园主人已经在

◀ 波美侯的某个
私人酒庄

长桌尽头落座，一位精神矍铄慈眉善目的老先生，正笑
眯眯地摇晃他的高脚杯，旁边一瓶容量接近六升的巨型
波美侯红酒已经开好了。这位老先生是颇有社会影响力
的实业家，据他自己说，收购酒庄只是一项兴趣爱好，
在整个波尔多地区，他名下规模不等的酒庄还有七座。
每座酒庄都请专人打理，负责从葡萄修剪、栽培、采摘
到酿造的全部流程，每年出产的新酒除去对外销售的部
分，剩下的或继续窖藏起来，或转送给亲人朋友。逢人
便可以说："尝尝我自家酿的葡萄酒！"仿佛是执掌时间
与季候的炼金师，有种淳朴的喜悦在里头。

可惜老先生公务繁忙，第二天我们在他的另一座酒庄内用过午餐后，他便匆匆离开了波尔多。我们依然想参观红酒制造的整条生产线，于是在网上预约到一家开放公众参观，并配有专人导览的左岸列级酒庄：位于玛戈产区（Margaux）的杜扎克酒庄（Château Dauzac）。葡萄园里主要种植梅洛和赤霞珠，属于在国内较为热门的品种，用它们混酿的干红，酒色深浓、口感强健、厚重，果香馥郁。

第一次在酿酒车间看到三米高的发酵桶，我还是被震慑住了，成吨的葡萄挤压在密闭空间内，悄悄地分解、沉降、化作汁液。把耳朵贴紧不锈钢桶的表面，好像还能听见窸窸窣窣的声响，我忽然意识到这些液体和杂质都是生命力强劲的活物。把眼睛凑近橡木发酵桶侧边的玻璃小窗，往最黑暗的深处用力凝视，忽然感到一阵毛骨悚然，仿佛下一秒会有《水形物语》里那种浑身怪鳍的人鱼冲撞出来。

我对同行的小伙伴说："我觉得这只桶里住了个葡萄精，你敢不敢过来看看。"朋友原本对此表示不屑，可在重复我刚才的动作后，禁不住也打了个冷战。用于储存酒液的小橡木桶更加神奇，桶身底部除了制造者的签名外，还刻有橡树"生前"的身份信息，如生卒年份、生长地点、树的品种，以及一小幅这棵橡树被砍伐前的素描"肖像"画。

参观流程完毕，回到酒庄入口处的大厅，导览人员邀请我们品尝今年出窖的新酒，我缓缓咽下这杯差点幻化成葡萄精的琼浆玉液，自言自语道："造酒真是一项可爱的事业啊！"

亲爱的文森特

亲爱的文森特,

你好,

如果这封信能够抵达你,我祈盼今夜能有一颗流星,作为你对我的回答。

刚才,我在金黄的晨光里醒来。金黄的晨光单薄、寒凉,天空无云,太阳也不再灼人。夏天是确确实实过去了,留下一个普罗旺斯的秘密。

三个月前,我去看过你住了一年的疗养院,位于圣雷米的圣保罗修道院。一进大门,我就在墙脚那排花丛中认出几株鸢尾。深蓝偏紫的花瓣,壮硕的茎干,肥厚的叶片,表面附着一层蜡质的白霜。不知道它们是原本就生长在这个位置,还是后人依你的画重新布置的景观。

不过门外那片橄榄树林,据看门的老伯说,一百多年来几乎没变。我围绕树林边缘的小径跑了半圈,有几个角度还真能与你的构图重叠。发生重叠的瞬间,有白光闪现,撕开时空中的一条裂缝,使我隐约看见,你伫立在我身侧,眉头紧锁,瞳仁澄明。我们注视同一片风景,视线划过波光粼粼的树冠,停

▲ 普罗旺斯圣雷米的圣保罗修道院

在树干表皮崎岖、纠缠的沟壑中间。

这是我第一次近距离、长久地观察一棵橄榄树，它可真美。它的绿色混入一些苍灰，如海浪顶端翻滚的泡沫，掀起朦胧的水雾。可惜我太笨拙，既不擅长描画，也不懂得调色，否则一定要效仿你的做法，在这原野上支起画架，撑开帆布，将我即目所见如实呈现出来，这该是多么饱满的一种幸福。

走入修道院内庭，中心花坛打理得整齐别致，想必是有人精心守护着一方草木，只是同你画中的景况相比，实物倒显得局促许多。爬山虎可能是后来才长出的，也不知它们从墙根底下一路攀升至房顶再向两翼延伸，需要花上多少年时间。如今它已长成一副大树的模样，远看亭亭如盖。很想问你，这一年安静修养的时间，对你来说，究竟过得是快还是慢？

去年我在奥赛博物馆看一场名为《繁星之上》（ *Au-delà des étoiles* ）的主题展，展览汇集了19世纪末至20世纪初期的大批杰作。从印象派到之后也许会令你振奋不已的表现主义，自然灵性受到至高推崇，人与神在森林深处接踵行走，行星和星云在蔚蓝底色上迸溅开来，一些人试图用绘画传递信仰。

我漫游其中，想起了你，忽然那幅《罗纳河上的星夜》赫然出现在我面前，它被置放在展厅中央的墙面上，前方围聚着人群。我向它靠近，再靠近，近到视野里只剩下无边无际的色块和线条，近到仿佛能听见那晚罗纳河汩汩的水声，以及夏末渐渐熄灭的蝉鸣，我的身后有人来来去去，像是河岸边散步的小镇居民。

　　我愣在原地，沉默地站了很久，用眼睛替代我的指腹，去触探颜料堆叠的褶皱、每一道笔触的深浅。心中升起一股暖流，禁不住泪眼盈盈：你是如此敏锐细致，这份敏锐与细致，令我讶异，更令我心疼。

▼ 巴黎奥赛博物馆展览现场的《罗纳河上的星夜》

既然美在你的体内得以放大，那么痛苦呢？

画家、诗人、作家及其他创作者的本职，是成为现实世界的一支棱镜，一件"光学仪器"（普鲁斯特《重现的时光》），去折射真相，去鉴照灵魂，而你无疑是清澈的、剔透的。作为与你不相干的晚辈，我感激上天赐予你如此秉性，感激世间曾有过你的存在；倘若我是你的朋友，恐怕我只会咒骂这该死的令你陷入疯魔的艺术，我会用尽全部力气劝阻你，别再拿你的血肉去撞他人的刺。

▼ 圣保罗修道院里凡·高住过的单人间

可即使是这样，谁又能左右你裁决自己的命运？

踏进你在圣保罗的单人房间，压抑感是扑面而来的。墙皮脱落，窗帘褪色，地砖斑斑驳驳，污垢潜滋暗长，窗口钉死的铁栏杆生了红锈。个中衰颓，或许出自时间之手，又或许是后人刻意营造的气氛。无论如何，我更愿意相信，当时的你，确实获得过一些平静与安详的时刻。窗户正对一小片麦地和薰衣草花田，还有小山坡下散落的几棵丝柏树。

说到丝柏，从前我并不认识这种树，至少没有认真留意过，印象中总把它与园艺造景使用的某种圆锥形矮灌木混为一类。这个谬误很可能是我的美术老师传给我的，他指着《星夜》中左侧那团黑影悻悻地说："这家伙一定是苦艾酒喝多了神志错乱，才会把一丛灌木画得像座巨塔。"此后我在暗地里一直以为你热衷于夸大这种植物的体量，但其实自以为是的是我，也是我对你的精神状态抱持偏见。当我真正身临其境，与你所描绘的对象面对面相处，我终于意识到你在造型上的严谨和准确。内心的苦闷和分裂释放的是情绪，以及常态下沉睡的通感力，而作画的时候，你绝对清醒：一笔下去，五种层次的颜色，各自落在相应的位置，造成微妙的渐变，干脆，迅猛，流畅，脉络分明。

在丝柏这个意象上，我倒是觉得你颇为写实。朝你的窗外远眺，我想起帕拉马斯的句子：

> 我面对着窗口，远处是
> 天空，只有天空，没有别的；
> 中央，像天空系的腰带，

一株细长的丝柏树，没有别的。
无论天空是晴朗还是阴沉，
在蓝色的欢乐或是风暴的滚腾里，
丝柏树总是轻柔地摇动着，
宁静、美丽、无望，没有别的。

丝柏系列的其他几幅，画面中除了高大瘦长的柏树，好像也没有别的了。它的线条与比例给人轻柔、灵动的直接印象，用你的话说，"宛如埃及的宫女"。帕拉马斯的丝柏承载着某种神秘主义的关怀，这一点你的画里也有体现，只是前者眼中"宁静、美丽"的纯净，到了你这，转化为静穆、庄严的崇高。在你给提奥的信中我读到一段：

我脑子里老是想着丝柏，它具有类似埃及的方尖形石碑的线条与比例的美，它的绿色具有崇高的性质。这是阳光灿烂的风景中的一块黑斑，但这是充满意蕴的黑斑，是我所能想象的最难正确落笔的东西。

"方尖碑"的比喻令我豁然开朗，感谢你为这两件事物建立起新的联系。"碑"的形象非常迷人，尤其是黑色的巨型石碑，它象征着我们难以破译的未知，无法驾驭的神秘，蕴含超越于人的某种上升的力量。简言之，它诉说死亡。那块阳光下的黑斑，是死神开启的通道入口，我们该如何呈现一个吞噬所有声与光的黑洞？这大约是人间最为"无限的、深刻的、真实

的东西"。我猜，你恐怕不会喜欢我们今天的世界，因为愿意谈论无限、深刻与真实的人越来越少了。

　　然而在《星夜》里，我并没有看到恐慌与绝望，甚至没有焦躁与不安。我看到的是夜幕与山峦的蓝色伸出双臂环抱住我，发光的小天使们在星星、月亮与灯火的柠檬黄中现身。你燃烧自己，一往无前，以期在寂凉无人的夜里把自己拆碎，揉进生灵万物之间。真是汹涌，浩荡，澎湃。

你令我倾倒的不是画技，而是你的生命浓度。要知道，文森特，这个世界上不缺画得比你更好的人，缺的是像你一样，敢把自己柔软、炽热的血肉，向世界敞开的人。你的天赋也远不止运笔与用色的精准，而在于你的善良。善良也许并不罕见，可选择善良、守住善良，多难啊。所以今天，我们依然歌颂你，在这个充满怀疑的年代，我们需要你的纯粹与坚定。

上一个夏天，我去了瓦兹河畔的奥维尔小镇，那时麦田还是浓郁的绿色，还没有乌黑的鸦群和决绝如死神的割麦者。在小镇公墓里，我见到你和提奥的墓碑紧紧挨着。那次行程匆忙，没带什么礼物，我从随身的包里，掏出两只新鲜的白桃，放在你们的墓前。

初秋丰硕的果实，你一定是喜欢的吧？希望你能够感受到，桃子里面的汁水，正在奋力把果皮撑开，果核中的种子，正在为结出果实努力。

永远怀念你。

（献给我的朋友ZMY，一位永远年轻的诗人。）

2018年10月26日
于多伦多

巴黎是一座灌木花园，
纽约是一片阔叶森林

　　硕士论文交稿后的两个月里，我的双脚几乎没有落到过地面，假借毕业旅行的名义，我密集地游览了七八个国家。加斯东·巴什拉那本写得天高云阔的《空气与梦》（*L'Air et les Songes*），我在飞机上和候机厅里读了一大半，倒也觉得十分应景。

　　我有点不太严重的恐高症，住在巴黎这几年，视野里多是十层以下的奥斯曼建筑，难得登顶圣母院的钟楼，扒着防护网眺望不足百米外的人群，已经觉得头昏脑涨，腿脚发软了。市区内唯一的高楼大厦，蒙巴纳斯办公大楼，离我住的公寓很近，出门或回家，从它脚下经过，抬头望一眼楼顶，脖子至下颚仰成直线，也好像看不见穷尽似的。后来去过顶层瞭望台的朋友回来向我描述观感，我惊讶地反复念叨："原来蒙巴纳斯只有五十几层？为什么看上去总觉得至少得有八十层呢……"

　　大概是因为，蒙巴纳斯大楼，作为现代摩天大楼来说，在全巴黎乃至全法国，它都是只此一家，地位独尊，在周围那些奥斯曼矮楼整齐划一的衬托下，才显得尤其高耸孤傲。单论外

形，蒙巴纳斯大楼像一块细长的黑色橡皮，也有人管它叫"巨型黑墓碑"，设计中规中矩，把它拎出来放在浦东任何一座五十层以上的高楼面前，都是足够相形见绌的。可是在巴黎，它反而成为每日游人络绎不绝的必到之处，人人争相拍照打卡的地标景观。欧洲的尺度，其实可见一斑，居住氛围虽然精致，但到底有些局促、小气。

我在生活上粗枝大叶，不擅长处理细节。

市区最有20世纪初老巴黎风格的套房，雕花铁栅露台花团锦簇，深褐色老木地板温润沉稳，铸铜的门锁和把手上绿锈生长，大理石壁炉和底楼地窖内聚灰成塔，这些无不给我造成巨大困扰。我自己或者其他住在市中心的朋友，家里的布局都显得不够通畅，进门便是狭长的走道，厅堂卧室多曲折，设置重重隔挡，使用空间给软装占去一大半，人只得在窗前的方寸空地内盘桓。如果绘成平面图，看上去就会像是九曲回肠的微缩迷宫，以褶皱堆叠而成。

这应当归因于巴黎寸土寸金的地价以及持续了三十年的"限高令"，居住空间不允许垂直向上伸展，

◀ 巴黎奥斯曼建筑的锌皮屋顶

只得在有限的高度内极尽迂回宛转之能事。畏高如我，这样的居住逻辑自然更添几分安全妥帖，可时间久了又开始感到憋闷。于是偷偷溜到顶楼打开天窗，踮起脚探出头去，却丧气地发现我所在的锌皮屋顶并没有比周围几面锌皮屋顶高出几米。

"欧洲住久了，我总觉得自己的眼界、心气、格局变得越来越狭窄了，总是盯着一些细碎的事物，总是容易被他人的言行中伤……"在从新泽西返回纽约的高速公路上，望见曼哈顿岛的天际线缓缓由地平面升起，我对一旁开车的朋友这样说道。这话里没有刻意贬损的意思，全是认真反视、审察自己得出的结论。

▼ 巴黎罗丹美术馆

如果以植被类型比喻城市环境，巴黎就像一座修剪工整的灌木花园，纽约则是一片原始阔叶森林。

我在纽约前后住过两家酒店，预订的时候就给前台留言说，拜托一定要给我楼层高的房间。于是第一间在帝国大厦正对面西31街的46层高处，第二间在中央公园南门口西59街的31层。我做出无所事事的姿态，假装不是贪恋胜景的观光客，只想过一过云上的日子，便在这片钢筋丛林中间，几棵高大乔木的枝杈顶上，飘飘忽忽地停栖了十几天。被周围其他摩天大厦阻碍了视线，我从来没有气愤的情绪，心里只想着我还要到那更高的地方去看一眼。

不知道心理学上对我这种既恐高又偏爱登高望远的状态作何解释，巴什拉的说法倒是让我自鸣得意了一番：生命的"力"（force）包含永恒不息的上升运动，思想始终向往着高空；升向高空，视线得以阔大、澄明，回望大地，才能见到无边无际的

▲ 纽约摩天大楼

灿烂光晕。我不是飞行员，无法真真切切地飞越云霄，所以只好爬爬摩天楼，模拟手可摘星辰的高空体验。

论建筑的"登峰造极"，除了迪拜，恐怕还是纽约独占鳌头。但迪拜更像是烈日黄沙中凭空浮现的蜃景，而纽约则是那座茂密、鲜活、血肉横飞的原始丛林。建筑的高度，鲜明且具体地呈现出一个社会的上升阶梯，那些鳞次栉比、拾级而上的楼层，给你造成一个终有一天我也可以"会当凌绝顶"的美梦，激起你瓦解界限突破束缚的冲动。即使大多数情况下这种

可能性微乎其微，你也甘愿为这微弱的可能负重前行。

相比之下，住在欧洲，感觉像温水煮青蛙，没那么多惊险，没那么多残酷，因此也就没有什么意料之外的幸运可以去期待。我在想，假如有一天尼采描述的那位"超人"（overman）真正出现，他一定会率先降临在纽约。

到底是游客，我唯独看见纽约的好，没有时间经受这座城市的挫折与刁难，只顾享受现成的繁荣与便利。假如若干年前我申请留学的城市是纽约，也许我会和我的朋友一样，被困在新泽西、布鲁克林或者更远郊的地方，绝不愿破费去住看得见帝国大厦、中央公园的房间（就像在巴黎我租不起看得见卢森堡公园、杜乐丽花园的房间一样），那么现在我成天絮絮叨叨抱怨着的就不是欧洲，不是巴黎了。

在去纽约前，我那位住在新泽西的朋友反复问我同一个问题："如果回到三年前，让你重新选，你还会去法国吗？"

我不假思索地答："会。"

▼ 纽约第五大道

然后反问他："那你呢，还会选纽约吗？"

他也斩钉截铁地答："会。"

可是在纽约之行结束将近两个月之后，我重新想起他的问题，心里产生些许动摇，我也想要试试看，在最狂妄的年纪去那个险象环生的地方爬升一次。

纽约画廊巡礼

　　在纽约的两周，我始终没有打卡自由女神像、华尔街、百老汇之类的著名景点，实在不算一个合格的游客。同在柏林以及其他欧洲城市一样，我规定自己要完成的任务是看私人美术馆和画廊。时间有余，就去公立的艺术机构，时间再多余，才是最不容错过的那些地标，所以不少经典目的地我也就错过了。曾经有位地陪小伙伴，见我走出一所展馆后立即找了间咖啡馆修改论文，并把刚拍的现场图添加到文末，便笑说我是借旅游之名来办公出差的。我这习惯，既是出于个人兴趣，也是专业学习形成的规范。

　　研究生阶段第一年，老师经常带我们几个同组的学生，逛玛黑区的画廊和一些艺术家驻留区的工作室，随后在附近的咖啡馆围坐一圈，有时是在闲置的白房间内席地而坐，讨论方才的作品和空间，顺便稍稍往前推进各自论文的完成度。巴黎有几所私立商校的艺术管理专业，会通过发放交通补贴的方式，鼓励学生周游邻国，去看正在展出的作品，尤其适逢各种双年展、三年展、文献展、艺博会举办期。

　　我读公立综合大学的艺术系，本身已经免除学费，就不再奢求校方额外施恩了。所幸研究生课少，每周我能有四天自由支配的时间，用来赶周边城市或国家的展览，行程还算紧凑完整，反正购物、观光总是来不及考虑的。这样回想起来，我的旅行似乎有些顾此失彼，功利性太强，折腾一趟回到家，背包里并没有留下什么特色纪念品。

此行选择纽约，初衷很简单，为的是近距离看理查德·塞拉（Richard Serra）藏于Dia艺术基金会的几件作品，以及安塞尔姆·基弗（Anselm Kiefer）在洛克菲勒中心前新落成的雕塑《Uraeus》。这两位艺术

▼ 洛克菲勒中心前的基弗雕塑作品《Uraeus》

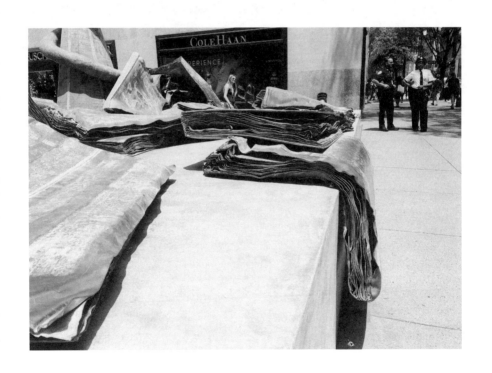

家，贯穿我整个硕士阶段的学习与研究，多次成为我短途旅行的初始动因。

近两年基弗在法国的展览，我做到了每场不落，这也得益于他工作室的选址，就在巴黎东南郊，此前则是南法的巴尔雅克。能与作品的诞生现场处在同一个时区，甚至同一座城市，已经足够令人兴奋。有时候站在红绿灯前异想天开，盯着面前缓缓驶过的大卡车出了神，想象它刚从基弗的工作室出来，正要往画廊运送一个最新的系列，甚至还会忍不住当街傻笑。学校里同组的同学，一位乌克兰女生，赠予我一个外号——The worldwide Kiefer chaser（世界范围内的基弗追随者），真是个令人骄傲又备感幸福的美称。听说村上隆曾经的人生梦想是收藏一件基弗的作品，我也有相同的梦想；不过我与他的区别在于，他的梦想早已成真，而我起码得再奋斗三十年。

相比之下，塞拉就没有那么好"追"了，他的作品鲜少在同一个封闭环境内集中呈现，因为大多数情况下，每件都体量惊人，如铜墙铁壁，又如厚重的纪念碑，需要足够的空间距离，向外散射作品的光晕。如若两件大体量作品相距过近，单论观感，会显得参差错乱、语境重叠，并且削弱了空间本身的造型意义，实属策展人的失职。

追逐塞拉的行迹就像打游击，他的作品总是单枪匹马出现在某个特定场域，因地制宜地生效、成立。比如巴黎拉德芳斯商圈中心环岛的《Slat》，柏林爱乐音乐厅门口的犹太纪念碑《Berlin Junction》，普罗旺斯拉科斯特城堡庄园后山上的《Aix》，阿姆斯特丹市立美术馆前广场的《Sight Point (for

Leo Castelli)》，多伦多皮尔逊国际机场一号航站楼候机大厅的
《Tilted Spheres》……要是想在同一地点看到尽可能多的塞拉
作品，据我所知，一个是在西班牙毕尔巴鄂市的古根海姆美术
馆，另一个便是在纽约北部比肯区的艺术空间 Dia: Beacon。

去洛克菲勒中心看基弗和去 Dia: Beacon 看塞拉，这两项
任务加起来一天顶够了。为了填满剩下的时间，我以随机走访
和朋友推荐的方式，给自己的行程清单里又添进好些个红点项
目。大都会、MoMA、惠特尼、古根海姆之类自不必说，它们
中的每一家都值得我专程耗上十来天，然而此行时间紧迫，我
的优先级还是给了街头巷尾的小画廊。

我喜欢看画廊胜过博物馆，在巴黎这几年，虽然已经记
不清出入卢浮宫和奥赛美术馆的次数，但很多时候只是为了完
成讲解任务。等到我自己得了空有了闲心，便一头扎进玛黑区
和五、六区之间的交界地带，从一间小画廊冒出来又钻入隔壁
另一间。半天逛下来，手上攥了厚厚一沓展讯通稿、作品目
录、艺术家简历以及画廊主名片。

与我而言，居庙堂之高的艺术，远不如这些在交易市场
前线真刀真枪接受淘洗筛选的作品，来得鲜活有趣。它们离城
市生活的日常不太远，一些小版画、小水彩、小摄影也在大多
数中产的消费能力之内。好在我念的专业偏研究方向，完全没
有艺管系学生的社交压力和变现需求，只顾自己悠然散漫地
看，乘兴而至，点到为止。这种游览的模式，我称之为"拿眼
睛去熏一熏"。每次给国内来的游客做卢浮宫导览，不得不快
速穿过一些次要的展厅时，我就会对他们说："时间有限，这

边我们就不展开讲了噢，大家拿眼睛熏一熏就走吧！"逛画廊也是类似的逻辑，并不为达成什么指标，仅仅是在这个行业最具活性的反应池里熏一熏、浸一浸，所谓"了解新鲜资讯，掌握热点动态"罢了，好比高中文科班里许多男同学热衷于购买时政评论杂志，大学里对门寝室经管班的同学需要订阅财经刊物一样。

我在纽约逛过的画廊们，按照上中下三城的地理线索划分，大致也呈现三种微妙的气象。因为住处在上城区，夹在第五与第六大道中间，我遵循就近原则，从上东区逛起，逐次向南拓展。

首先要拜访的自然是业界"大佬"高古轩。当我到达麦迪逊大街980号时，乌尔斯·费舍尔（Urs Fischer）的新展已经撤下，原本是想第一时间目睹他最新的图像实验，可惜这一次只能遗憾错过。好在幸运的是，我见到杰夫·昆斯（Jeff Koons）大名鼎鼎的《凝视球》系列。这个系列，令我颇为感动。杰夫·昆斯重新复制三十余幅包括马奈《草地上的午餐》、伦勃朗《戴帽子的自画像》、提香《田园音乐会》在内的欧洲绘画，并在画幅中下部放置一颗镜面不锈钢"气球"，用一个简单却高度概括其个人艺术语言的符号，搭建凝视他者与自我凝视的桥梁。那些曾令他高山仰止的前辈经典如今同他自己的艺术共生于同一空间，在我看来，这个系列的成立，可以标志他进入了某种自我接纳的阶段。

另一位业界"大佬"玛丽安·古德曼画廊在不远处的西57街，正在展出的巴尔代萨里（John Baldessari）新作与昆斯

▲ 位于麦迪逊大道
的高古轩画廊

的气球们似有呼应。他将毕卡比亚与蒙德里安的一些
碎片进行复制并二次演绎，借由拼贴的方法重组、生
成新的语义。不过这些不太合我胃口，画廊空间位于
高级写字楼内，颇为豪气的近八百平方米占地面积也
并没有物尽其用。从玛丽安·古德曼画廊出来，我意
外发现老牌一线画廊玛勃洛画廊就在旁边一幢楼的中
层，正在展出的是一个装饰性和形式感较强的抽象摄
影系列，另外还有一批毕加索、马蒂斯的线稿和小画
偏居一隅。不过我的重点不在展品上，参观古德曼和
玛勃洛两家的新奇之处在于，我还从未在市中心写字
楼内逛过画廊，这种满大街找不到门面，经安保人员

拷问才能通过门禁，还要跟其他楼层的白领一同挤电梯的体验，确实是很有纽约特色了。

总而言之，上城区的画廊，整体气质非常精英，这也是理所当然的。顺便推荐一下专注代理奥地利及德国艺术家的新艺廊（Neue Galerie），可以看到令人振奋的克林姆特《艾蒂儿肖像一号》，还有不少包豪斯大师的杰作，诸如布劳耶、勃兰特、莫霍利-纳吉，等等。

中城西南角的切尔西区，是名副其实的艺术爱好者天堂。我花了一整天看完所有对公众开放且有展览正在进行中的画廊，虽然是以"熏眼睛"的方式走马观花。这里的气氛很像巴黎玛黑区，兴许是因为几位行业领头羊主推的作品在欧洲亦有超高讨论度，或者说它们本身就是成长于欧洲土壤的艺术。

比如高古轩同时在推两位英国艺术家的新作，珍妮·萨维尔（Jenny Saville）的《先祖》系列，挑战宗教神话中经典原型的身体构造范式。以及达明·赫斯特（Damien Hirst）那个粘满了彩虹口香糖似的、波澜壮阔的油漆斑点系列绘画，并附带一件标志性的福尔马林切割鲨鱼标本。佩斯画廊集合了一批让·杜布菲（Jean Dubuffet）在20世纪70年代创作的《记忆剧场》系列，展览作品的完整度、连贯性、尺幅及数量皆令人赞叹。空间布局清晰，动线循序渐进，是一场别具匠心的高规格展览。

豪瑟沃斯画廊一如既往的大手笔，请来法国著名策展人大卫·罗森伯格（David Rosenberg）亲自操刀，斥巨资运来约360件珀尔斯坦（Sylvio Perlstein）过去五十余年收获的私人藏

品。这位成长于巴西的比利时钻石珠宝商几乎没有落下二十世纪当代艺术领域任何一个流派，包括达达主义、超现实主义、抽象艺术、大地艺术、观念艺术、极简艺术、波普艺术、贫穷艺术、新现实主义，等等，也没有落下这些流派的代表人物及其代表作。

　　比如一进门就让我血脉偾张、肾上腺素狂飙的布鲁斯·瑙曼的影像装置《好男孩坏男孩》，让·丁格利的机动雕塑，安德烈·布勒东的超现实主义诗歌手稿，曼·雷的《安格尔的小提琴》以及他镜头下的让·谷克多和保尔·艾吕雅，贝恩德和希拉·贝歇

▲ 高古轩位于切尔西区的空间

尔的工业建筑外立面系列，丹·弗莱文那组栅栏似的荧光灯管，丹尼尔·布伦的8.7厘米条纹装置，还有马塞尔·杜尚、马克斯·恩斯特、唐纳德·贾德、勒内·马格里特、安迪·沃霍尔、莫霍利-纳吉、柯特兹、布列松、尤金·阿杰、黛安·阿伯斯……毫无疑问这是一组教科书级别的收藏，整个观展过程中我像只狂躁的猴子上蹿下跳，止不住连声惊呼，从前在老师课件里反复出现的那些闪闪发光的作品，如今一股脑儿全在我眼前站着，我这才真正体会到"应接不暇"一词的含义。

浸泡在切尔西区的一整天，让我由衷感到不虚此行，我心想着即便这次来纽约不看大都会和MoMA，也没有太大遗憾了。大佬们占山为王，各领风骚，我这个无名小辈大饱眼福，铆足了劲跟过年似的开心。

下城的SOHO区我并不了解，只知道是个购物的地方，原本也只打算来逛街。从华盛顿广场南侧出来，沿纽约大学图书馆和Skirball表演艺术中心之间的小街LaGuardia Pl，继续向南闲逛，经过一片类似希区柯克《后窗》取景地的街区：红砖砌的墙面，横七竖八的消防外梯，狭长而精致的青砖路面……看上去可比巴黎的古董方砖平整太多了。

走着走着我忽然在林立的店铺间瞥见一面橱窗，挂着两幅村上隆的太阳花，想起贝浩登画廊的纽约空间正在做村上隆个展，我猜想两件事背后兴许有一点关联，于是推门进去，才发现里头别有洞天。这是一家专注波普和街头艺术的大杂货铺子，至少这是它抛给我的直观印象，除了门口的村上隆，最显

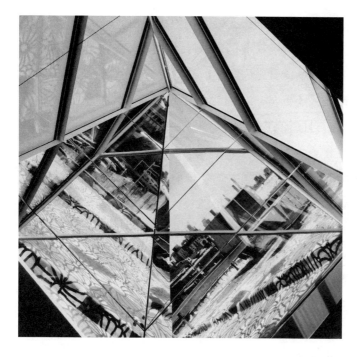

◀ 布鲁克林的A_
　D_O设计中心

眼的位置还陈列着一批安迪·沃霍尔和利希滕斯坦的
丝网画。再往里走是一个小隔间，专属基思·哈林的
小宇宙，我被他重复缠绕的粗厚线条晃得眼花缭乱。

　　钻出来穿过一道走廊，墙上竟然罗列着十几张夏
加尔、米罗和毕加索的作品。画幅不大，以石版画和
蚀刻画为主，但件件都是好东西，比如夏加尔那幅如
梦如幻的水蓝色的天使海湾。我喜欢夏加尔，尤其爱
他使用的蓝色，于是兴冲冲跑到前台抓住一位销售询
问那幅画的创作年代和版次信息。因为来纽约前刚在
蓬皮杜中心看过一场夏加尔特展，我现学现卖多提了

一嘴其他系列，那位销售大概误认为我是收藏家，硬拽着我去看她工作电脑里的资料文档，一件一件向我展示他们的夏加尔库存。不得不承认看完库存之后我更加心动了，不过幸好再怎么心动都是买不起的。接过销售递给我的名片，仓皇溜出门，我咬着牙对自己说："存钱吧！"然后继续斗志昂扬地朝购物街高歌猛进。

　　SOHO区的其他画廊大致是相似的模式，作品没有展开的空间，观众走进门里来就只是顾客、消费者，坐在桌台后面的那些人，更愿意跟你谈的是价格而非内容本身的审美意义或者艺术家的创作理念。若要说总体的观感，这个区域可算是波普和新波普的天下。我有些轻微的倦怠感，看来看去，最后却是某奢侈品牌开在伍斯特街上的新门店让我眼前一亮，它像一座引人入胜的复古博物馆，消费者在这里反倒成为参与沉浸式交互体验的观众了。

旧金山的阳光

　　夏天的金门大桥上有行人穿着羽绒服，这令我很是意外。朋友对我说："旧金山的夏天就是冬天。"刚开始我还不信，可站到桥头被风一刮，顷刻落荒而逃。我只在长袖衬衫外面多加了一件羊毛开衫，原以为足够御寒，却在走上桥面之前，就已经被冻得嘴唇发紫，抱着手臂来回打转。幸好朋友在车后座放了件棒球棉服，借给我套上，终于勉强挡住狂躁湿冷的海风。

　　预备是来金门大桥看落日的，听说站在桥上远眺罩在晚霞里的旧金山市区，会有一种金碧辉煌的盛大气象。我们扒着桥边的栏杆，遍数脚底下路过的货轮，等待银白色的落日降下海平线。在黑夜白天交错的瞬间，日光照射在旧金山市区临海最高的摩天大楼上，玻璃墙面反射光芒，整座城市变成金黄的颜色。天暗之后，天幕沉降，从玫红过渡到绛紫，让人想起詹姆斯·特瑞尔（James Turrell）的霓虹整体空间装置。

　　突然有点想念巴黎，那里的落日看上去尽管逼仄，但可以一览无余，只不过天空的渐变看不出北美这样丰富的层次。也可能是温带海洋性气候的影响，使它不显得那样恢宏阔大。最佳视角是蓬皮杜中心顶层和圣心大教堂门前的小山坡，当然

▲ 在金门大桥上
眺望旧金山的
晚霞

还有其他更好的地段，只不过那些角度的阳光都是收费项目罢了。

　　我在旧金山，急匆匆的，只待了三天。严格来说也不算在旧金山了，我住在远离市区八十千米外的湾区南部，也有人称之为硅谷。闺蜜在这里工作和生活，和她的男友一起，两人都是谷歌的程序员。他们的家在公司附近的一处高档小区，周边邻居也基本是同事。车驶进地下车库后，他们回过头对瘫坐在后座，尚未从时差、肠胃炎、长途飞行的煎熬中缓过神来的我说："欢迎来到谷歌职工家属大院。"我笑说他们已经过上了"美式体制内的生活"。

前几天在纽约，我正巧参观过谷歌在切尔西区的办公大楼，当时刚过夜里十点，整栋大楼依旧通体明亮，除了游戏娱乐区和健身房还有零散几人，几乎已是座空城。带领我参观的两位朋友说，大楼每天都会通宵亮灯，因此有些人不回家，彻夜工作，困了就在淋浴间洗个热水澡，然后倒在休息室的小床上酣然入睡。我的朋友里有许多是程序员，虽然我是个彻头彻尾的文科生，也许是因为欣赏他们高度自律的品质，不知不觉便与他们走得很近了。参观过谷歌大楼以后，我意识到这种看似自由散漫、毫无紧迫感的气氛，是

▼ 谷歌公司纽约
总部

对他们自律性与自主性的一种信任。

事实上整个大楼的设计逻辑更像一座游乐场，随处可见唤醒与保护人们童心的细节。比如上下楼层间的滑梯、滑柱，有吃有喝的乐高积木房，会议室内的吊床、吊椅、懒人沙发，走廊里停放的内部交通工具——可折叠滑板车……不过由于时间临近午夜，我又疲于白天的奔忙，当时早就没了游戏的力气，朋友领我来到顶层的全景餐厅，把我扔进一张全自动按摩躺椅里，启动了开关，头也不回地扎进餐厅的保鲜柜中觅食。陷进按摩椅内大约二十分钟之后，我满血复活，重新活蹦乱跳地加入他们。

踏进程序员情侣的家，一股秩序感扑面而来，所有物件都在它们该在的地方，令人安心。闺蜜给我煮清粥，锅里蒸上两块"单位里发的"紫薯，教我厨房设备的使用方法。她说纽约庞大杂乱，难免藏污纳垢，肠胃脆弱很容易身体垮掉，眼下最好取消其他行程，在这湾区的好空气、好阳光里静养几天。我接过热水和止泻药大口吞下，放下水杯对她说："我刚才忽然有一瞬间，感觉你俩好像我爸妈……"她笑说这大概与他们如今半养老的生活模式有关。每天开车上班，开会或者编写代码，在公司食堂吃饭，在公司健身房锻炼或者上舞蹈课，一起开车回家，在小区游泳馆内做SPA，收看地产广告，了解湾区房价，十二点以前准时入睡，次日八点定时起床。

我仔细想了想，好像除了我还在"不务正业"，游手好闲，身边的朋友大多都已经进入了这种相似的人生节奏，仿佛潮汐一般，受到某种引力无形的牵扯。不过我倒是为他们的步调统一感到宽慰，也很骄傲。

之后两天我全都宅在闺蜜家，足不出户，"鸠占鹊巢"。从纽约飞五个小时横跨三个时区来到加州，好像只为找个地方宅着，煮一锅白粥，炒两个小菜，看书写字，用智能家居设备听歌刷剧，涂了防晒霜坐在阳台上晒太阳。浪费了三藩无数的胜景，我倒是觉得满足。

另一位朋友古道热肠，提议带我去看金门大桥，顺便来个小型一号公路旅行。这位朋友原是我的大学同学，现在也是谷歌的员工，不过他的工作时间似乎更灵活些，下午三点我们便从硅谷出发。刚出家门，

▼ 开在加州一号公路上

迎面驶来一辆据说极其罕见的限量款电动汽车。起初我没留意，朋友提醒才定睛去看，不禁感叹湾区还真是豪车遍地。那些偶尔在巴黎街头呼啸而过惹得路边小青年吹哨欢呼的顶级超跑，在这里也不过是稀松平常的代步工具。它们就这样安安静静地溜过去了，没有一辆车会被特意轰响油门。

不过较之超跑，市区路上更引人注目的，是正在试行的无人车，谷歌的，苹果的，可能还有我不认识的公司的车，这似乎是一块兵家必争之地。车里倒不是真的无人，通常驾驶座上会有位监测员，负责记录数据，监督行驶安全，并不执掌方向盘。我心中产生疑问：是否最新研发的科技成果都会率先在这里投放运行？结果一张口，问题变成："生活在科技最前沿地带是一种怎样的体验？"

朋友慢悠悠答道："我很喜欢加州的阳光……这里的人成天无忧无虑，傻乐傻乐的，好像没有任何烦恼、焦虑和郁闷，大概是阳光强烈、四季光照充足的缘故，就像加州的橙子一样……"

我忍不住打断了他，我说："这样的阳光，其实也都是暗中标好了价格啊……"

草木磅礴

　　温带的秋天很长，长到，如果不见到飘雪，你从体感上说不清今年的冬天到底有没有来过。不过这里特指海洋性气候统治的温度带，硕大的阔叶乔木染上温柔的皮革的色泽。秋日的强光晒得树叶发烫，像一片片金箔，摇晃着闪烁高饱和的光。可凑近一看，表面并不刺眼，即使忍不住拾起一片烫得边缘向内翻卷的金箔，贴在手心、手背之间，也只是微凉。

　　欧洲的平原刚迎来肃杀的内陆大风，阿尔卑斯山脉腹地依然和煦、静穆。在这里，寒冷并非一种水平方向上富有侵略性的外部力量，而是一种自上而下，降临式的笼罩与渗透。树叶也在有次序地变色，山麓像一块纹样随机的编织挂毯。这时候最适宜山中徒步，泉水已经枯瘦了，土壤干燥脚底不打滑，令人汗毛直立的毛虫也不会突然钻进你的衣领。蘑菇基本上也无迹可寻，熟透的板栗和野生的小浆果倒是可以捡上满满一袋回家。

　　十月底，山上就该下雪了。雪线以肉眼可见的速度日渐降低，如此，我们便能看见寒冷到来的具体形态。就像普鲁斯特写死神，这位"看不见的天神"从未现明真身，但它对外祖

▶ 法国南部阿尔
卑斯山区腹地

母施加的袭击总在后者身上留下痕迹：他写外祖母挛
缩、抽搐、抖动的躯体，写她眼里逐渐熄灭的能将她
辨认出来的个人意识，写她的脸孔僵硬、石化，"粗
糙，淡紫色，红棕色，充满着绝望"。犹如一块凹凸不
平的大理石，被那不可见的雕刻者"按照一个我们不
认识的模子"，反反复复，锤锤打打，塑造成一尊中世
纪的雕像。

自然的季候，生命的季候，是我们看不见的真实，普鲁斯特谓之"不同界的存在者"。好在，可见的事物会像棱镜一般，将它们的身形，将它们昂首阔步、高歌猛进的神态，反射出来，照见五蕴六尘之丰盈与富饶。因此，没有一个季节，能比秋天更让人关心时令与植被——夏冬单调至极，春天喧声四起，令人无暇静观——至少对我来说是这样。

　　小时候住在南方乡下，秋天少不了成熟的水稻田。亚热带树林常绿，山坡上整体是驳杂的、深暗的冷色调，只能靠这满坑满谷的稻穗，给天地间抹上几道鲜亮的暖色。有位家中务农的幼年玩伴，到了秋收时节便邀请我去她家小住。我们喜欢早起，比下地割

▼ 加拿大哈密尔顿

草木磅礴　257

稻的人们还早。天刚清清白白地亮起来，我们各自披了条单薄棉被，把自己裹成卷饼，呆呆地站在阳台上，看田里摇头晃脑的稻子，看田埂上缓缓行走的人，看别人家门口吱呀转动的脱粒机，边看我就边想，书上说的"木牛流马"那东西，长得应当与稻穗脱粒机是差不多的。运气好的时候，撞上鸭群的作息，我们便从高处瞄准它们穿梭于稻秆深处的路线，等它们巡逻结束返回老巢，我们赶忙换好衣服冲进田里，一路踩着它们的脚板印子，翻拣刚落生的新鲜鸭蛋。满手泥土、鸭屎和蛋壳的腥味，倒是踏踏实实的好闻。

　　到了秋天，眼睛自动寻找鲜亮的暖色，这个习惯后来逐渐转移到看红叶这件事上。在上海念大学的那几年，中间有两个秋天我是在北京度过的。第一次是去看地坛公园的黄银杏，第二次是去香山摘红叶。现在想起来，树叶的模样我倒是早就忘却了，只记得，北方可真冷啊。尚有温度的一些记忆碎片都与橙黄、赭红之类的颜色有关。五道口早餐店的现炸油饼，巧克力味的"宾堡"牌小多纳圈，旁边水果摊上排出面包一样厚实的大柿子，糖炒栗子总是揣在衣兜里，一边走一边剥上两粒，果壳捏扁了塞进另一侧的口袋，感觉自己同嗑着瓜子在村口踱步的农妇无异。有几个晚上在电影学院看朋友的演出，活动结束后我们穿过后门外光秃稠密的小树林，去对面的巷子里吃烧烤消夜。六十瓦的白炽灯悬在临时搭的塑料棚顶，灯光下沸腾着红油汤的热气和孜然烧焦的烟灰。

　　还有在人民大学蹭住的那天夜里，接近午夜时分，我在通往宿舍楼的一条岔路边愣住：一盏明黄色的路灯下，三五

对男女在练习华尔兹舞步。"大概是舞蹈社的人吧。"
一旁的老同学喃喃自语道。那幅画面像极了20世纪80
年代的大学校园，尽管我不曾去过。但我猜想，它与
《青红》里面那几对衣着俭朴而鲜艳明媚的青年男女
并无二致。他们把手礼貌地搭在对方肩头、腰际，小
心翼翼挪动脚步，眼神也小心翼翼地收敛着，颔首低
眉，缱绻婉转。一颗心却紧紧皱着，像被汗湿的手攥
住，生怕叫人听见它鼓鼓的搏动。那画面实在是美不
胜收，仿佛隔着光幕也能闻到那些女孩裙裾搅起的桂
花香气。

　　今天我站在加拿大安大略省阿岗昆森林公园的湖

▲ 加拿大阿岗昆
森林公园

边，朝着倒映出漫山红叶的水面抛去石子，层层叠叠的波纹令我想起以上种种。天阴酿雪，并不是赏枫的最佳气候，但那金黄的灿烂、绛红的嚣艳却能从远景的铅灰里撕开一道亮光。这些鲜亮的暖色，是从圣家堂的彩绘玻璃中诞生的吗？否则它何以这样纯净、热烈、盛大，摄人心魄却又动人肺腑。草木之静美与宽厚，是那位"看不见的天神"向人间释放的温情，秋之刑官暂且放下它摧枯拉朽的屠刀，换了五彩丝线织锦缎。此番胜景，绝不比那维苏威磅礴的火山，少却一分一毫的崇高。

旅途尽头，音乐降生

一

酒店的电视里播放着法国TV5 Monde电视台的访谈节目，女钢琴家安妮·克菲莱克（Anne Queffélec）正在弹奏舒曼，一首我没记住叫什么名字的乐曲。十几分钟前，主嘉宾眉目深锁，他是一位当代作家，慢条斯理地述说着旅行与写作的交叉体验。主持人对他使用了"旅行者作家"（voyageur-écrivain）的称谓，这位作家沉默片刻，面露犹疑。行走，游荡，通过位置的移动获取新知，不断填充自己的素材库，这是多数创作者共通的本能。他们甚至意识不到，一种能力，或者生活习性，会有被特别注明的必要。"旅行者"只是构成"作家"的一个次级部分，一个未完成形态的身份，一个进行中的过程而已。

大约是四年前，有过一个类似的夜晚。欧洲的春天很忧郁，临到三四月份，南方山区的雪线还未撤退，北方阿尔萨斯的平原草场刮着阴湿刺骨的风。我走在斯特拉斯堡深夜空旷的大街上，把脸埋进厚羊毛围巾内抵御寒冷。刚刚从一场钢琴演奏会散场出来，我穿过斯特拉斯堡议会中心的前广场，回到对面的小旅馆。

▶ 巴塞罗那圣家
族大教堂内部

　　狭窄的客房内，单人床尾部，一块电视屏幕架
在墙面拐角的半空中，向下倾斜的平面，与我倚躺在
床头的视线形成直角。小旅馆信号不佳，电视机里有
清晰画面的频道屈指可数，更别提能否收到中文国际
台了。在异国的城市独处，总想用声音为自己营造一
个安全的小世界，一个用母语思考的空间。所幸TV5

Monde电视台信号强劲，彼时正在播放一档旅游节目。这个电视台几乎能在世界各地接收到信号，但根据所在区域不同会放送差异化的节目内容。我曾在香港的酒店客房，观看一位英国裔主持人畅游诺曼底，而那晚斯特拉斯堡小旅馆的旅游节目，则是关于重庆的景观。

我确实对乡土的概念产生了些许困惑：诺曼底是我熟悉的土地，我总在冬天造访那片覆盖深灰水泥色浓雾的海滩，摄像机扫到卡堡大酒店外的滨海长廊，我甚至能看见普鲁斯特与花季少女们欢笑漫步的残影；可是重庆于我而言完全是异域，从未到达，也不甚了解，唯独密集的法语旁白中间，零碎漏出的几句中文的路人对话，勾起一种难以言明的混沌的乡愁。当电视或无线电广播（一直有收听电台的习惯）的声音响起，当下置身何处已经不那么确定，实在与幻觉的边界稍稍松动，我于是告诉自己，此刻我拥有至少两种现实，两种本不相关却因我的存在而共处一室的现实。

二

就像今晚，坐标广州，打开电视收看法国作家的访谈之前，我在星海音乐厅聆听小提琴家宁峰演奏贝多芬《D大调小提琴协奏曲》。不知是宁峰的琴声太有召唤力，还是我从前的现场聆听经验太过局限，宁峰演奏的全过程，我频频闪回到巴黎歌剧院与爱乐音乐厅的穹顶之下，无数个下课后赶赴音乐会的夜晚历历在目。

2020年是纪念贝多芬诞辰的大年，我在国内听过四五个主题专场。或许是以致敬与普及为名的缘故，这些演绎者全都饱含虔诚的态度，忠于历史，力求复现黄金时代的风貌，并没有显露出标新立异的企图，极力克制个人化的表达。对于贝多芬作品来说，任何所谓个性鲜明的风格，都有可能是演绎者借以掩盖其浅陋技艺的遮羞布。演奏者拥有警醒和自觉是宝贵的：切勿让自己的主观愿望凌驾于作曲者的创作意图之上，关键在于分寸。不存在绝对忠实和还原的演绎，一切再现都是再创作，是带有偏差的重重叠影。因此创作者意图和演绎者愿望之间总在互相拉扯、牵制，作品的接收效果也总在两者之间摇摆。

宁峰无疑是一位脚踏实地的演绎者，艺术品格朴素且高贵。对他的第一印象是：17世纪的绅士，仪度翩翩，谦谨雅正，踌躇满志，有所为也有所不为。宁峰演奏的贝多芬《D大调小提琴协奏曲》，并不是平地起高楼，而是大教堂既已建成，他为你逐句展示架构，穿筋绕骨，节奏稳固，宏伟却毫无压迫感。从第一个音符到华彩段落直至末尾，音响的变化形成空间感，但每一个音都是饱满有力、绝不失焦的。

最见功力的是华彩过后几个拖得长长的句子，富有韧性，如同哥特式建筑内部的尖肋拱顶，敦实的底柱从四个方向汇聚向上的合力，线条朝着无限高远处延展，却在黄金比例的位置回落，划出一道尖锐而又圆润的弧线，令人忧虑、惊异的同时倍感喜悦、崇敬。随后的慢乐章，则是为这座教堂的花窗玻璃，细细绘上斑斓图案，让光芒穿透进来，彩色的微尘弥漫在空气中，徐徐铺满藤缠蔓绕的地砖。

三

成熟的艺术家身上散发的气韵是迷人的，那种从容与笃定，既冒险又稳妥的掌控感，使你不由得信任他，认定他不论怎么表现都是对的，而更动人心扉的是，此时你依然能看见他脸上有孩童般的神情。观察舞台上宁峰的举手投足，令我止不住想起尼古拉·普桑那幅著名的自画像。这个联想几乎是下意识的条件反射，一旦生成便在脑海中挥之不去。从上海交响乐团音乐厅，到广州星海，再到杭州大剧院的贝多芬奏鸣曲专场，音与画的联结被反复强化，扣上钢印。

宁峰的琴声，仿佛某种坚硬的内核包裹在柔软的织物里面，音色具有丝绸与天鹅绒的质感：跳顿是天鹅绒触手的颗粒，揉颤是丝绸粼闪的光泽。如同普桑在自画像中的一袭灰黑长袍，皱褶处折射暗哑的光，看上去是类似绸缎的材质。几年前我在一篇关于普桑的论文里读到对画中服饰的解析，远去经年我早就忘了面料的类别和名称，只记得在17世纪它是贵族的专享，况且黑色染料价格高昂，颜色不易固着，若非正式场合或作肖像画，平时并不多见。这件貌不惊人的外衣，实际上昭示了画家显赫的社会地位，而从那庄严审慎的表情里，我们也能窥见他对斯多葛式精神理想的坚守。

创作肖像，尤其自画像的人，首先思考的问题是：我是谁？我何以成为我？因而画面中出现的每个元素，自然都是为此作解。普桑意图展示的，是他作为渊博学者——或者借用学界流行的表达"哲学家型的画家"（peintre philosophe）——的骄傲。他并没有像同时期多数肖像画家那样，运用暗色背景衬托前景中央的人物，而是给了背景同样重要的笔触与光亮：几幅装框的绘画成品。普桑为何选择堆画的仓库而非堂皇的厅室作为肖像的场景？因为他想要和他的作品在一起，他深知自己真正的财富是身后的画作，是用那双遒劲的大手创造的艺术。

▶ 巴塞罗那圣家族大教堂内部2

艺术家的轩昂气度来自他的创作造诣，这是多少金银财宝都比拟不了的荣耀。

大剧院内格外安静，舞台边侧门开启，小提琴家阔步登台。他同我见过的许多乐手一样，面对观众时羞报，面对乐器时威严凌厉，不容置疑。宁峰的演奏里，有欧洲的宫殿和庙宇：暗褐色墙体，幽邃的走廊，斑驳的铁栅窗格，碎金般洒落的阳光。

每个演绎者身上都会携带不一样的风景和气象。比如最近听张昊辰的现场，他让我看见清泉淙淙漫没石滩，而本文开头提到的法国钢琴家安妮·克菲莱克，她弹奏的萨蒂里面有卡耶博特笔下19世纪的雨中巴黎。这些类比并非既成定论，而是我在尝试习得的一种记忆方法：即是将自己作为棱镜，为不同的事物之间建立新的联系。

四

广州的初秋，倒是没有斯特拉斯堡的冬末那样不近人情，音乐会结束后，我迎着二沙岛潺热的江风，散步回临江的酒店。约莫四十分钟脚程，沿途的人事景物，组成我此行对这座城市的全部探索。回到酒店房间，我开着电视，用摆放在床头柜的稿纸和圆珠笔，写下本文开头的几个段落，直到昏沉睡去；第二天一早，我装点几乎没有的行李，去赶回程的班机。近几年我逐渐养成一个"功利"的习惯：为音乐会赶赴一座城市，演出当天抵达，演出次日离开，直达目的，高效执行。

事实上，抵达本身就意味着一切。四年前的斯特拉斯堡之旅，是我仅有的游览这座城市的经历，虽然总共停留不到二十四小时，活动范围限于车站—议会中心—小旅馆—车站。今天想起来，只记得当时为了省钱，去程颇费了一番周折。

我通过法国的出行软件，预约到行程一致的拼车单，车主阿尔伯特是一位阿尔及利亚人，开一辆逼仄的老雷诺，带着他三岁多的儿子，从格勒诺布尔出发，去往斯特拉斯堡的亲戚家小住。他选择了直线距离最短但必须经由瑞士境内的路线。

或许因为车内人员配置过于诡异（阿拉伯裔＋亚裔＋未成年人），我们在日内瓦附近的边境处被海关扣留下来，各自被关进小黑屋确认身份。幸好我的护照、居留卡、学生证随身携带，一应俱全，不久便重获自由。阿尔伯特却因与前妻有过离婚诉讼的案底，遭遇了层层审查和我想象不到的一系列复杂手续。我们在漫长的等待和恐慌中虚耗了将近四个小时，才再度启程。待我赶到音乐厅检票入场的时候，离演出开场还剩下十分钟。

那晚的演出是意大利作曲家鲁多维科·艾奥迪（Ludovico Einaudi）的新专辑巡演，我专程为他前来。最后半个小时内，他弹起诸多人们耳熟能详的经典曲目，例如电影《触不可及》（Intouchables）中的配乐《Una Mattina》和《Fly》。而我，在这离奇曲折的一天即将收尾的时候，终于等到了那首，曾经陪伴我度过整个高三生涯的《Nuvole Bianche》。我在熟稔的声音与旋律中，找到了此行的答案，我的旅程也已经画上句号。

◀ 巴塞罗那圣家
族大教堂内部3

2020年9月
于广州